ZHI YUAN

稚 源

袁至迪 著

民族出版社

自　序

提笔的瞬间，我知道这一刻终究还是来了。从落笔的第一个故事起，这个梦就早已深深地萦绕于心。十七岁，虽说才是青春正盛的日子，可是每一天自身的改变如细水长流，仔细算着，也不少了。文字是一种记录，记录的可以是一种情感、一种思绪——即使昨夜含着泪染下的笔墨，今日依旧可以重展笑颜，面对生活。那种感受你体会过了，并把一切珍藏在了心底。也许现在的我瞧了一眼过去的文字，会被那稚嫩的笔触惹起嘴角的一丝弧度。但是那跳跃在故事中的角色从未离我远去，在他们凝望着我的目光里，我发现了存在的意义。我似乎还能忆起如何塑造他们的灵魂。隔空过多少年，窗外夕阳下的燕儿依旧盘旋不止。那是我童年的梦啊，也是每个人都有的一段真实或是虚幻的往事。书名有着特殊的含义。“稚”在词典里的定义是孩童、幼苗。而本书便沿着我成长的足迹一一向读者讲述。文字的外衣是稚嫩的，却又拥有着我现在羡慕曾经自己的一些东西。比如说小孩子视角般的天真烂漫，不谙世事的无数场童话。在未来，哦不，甚至现在的我已经意识到自己的文风产生了一些新的变化。新的灵感扑涌而至，暴风雨般热烈而又令人兴奋。我想该给过去的自己一个交代，一个总结了。不过这并不意味着就此停笔忙于学业或者生活的琐事。相反，这是一个新的开始，正意味着在我前行的路上，能做到“源源不断”地开拓自己。灵思化作过眼处的每一朵花，每一株草，散在风里，飘得更远，所过之处即是风华。还有一个小的设计——我的名字是袁至迪，倒着念前两个字是至袁，谐音“稚源”。无处不在，真诚之至，源源不断。

目录

小院子里的清洁工

她，瘦瘦高高的，满是皱纹的脸上却有一双如水的眼睛。凌乱的头发上别着一个黑色的发夹，衣服很朴素，一眼扫过去，觉得她跟别人没什么两样，但是她的内心却如此纯洁美丽。

清晨起床后，我路过小院子，这个瘦瘦高高的身影总是出现在我面前。她一手拿着扫把，一手拿着簸箕，神情专注地工作，干得很卖力。有一次，一个小孩子不懂事，随手扔了一团废纸，她看见了，立马跑过来，轻轻地拾起纸，把它放到她的小簸箕里，然后静静地离开。我看到这一幕时，心中顿时有了一些温暖。然后每当我放学回到这里，她依然在这儿，仍然在卖力地干活，已是满头大汗，她还是不说一句话，静静地把数也数不清的落叶扫到一旁，为路人辟开一条清静又一尘不染的小道。

到了冬天，仍能看到她深一脚浅一脚地踩在雪地里，寒冷的风吹着她红红的脸，她的手已经被冻得紫红紫红的了，但她还是使劲地握着扫把扫雪。她干得真认

真，谁知脚下一不小心踩到一块冰，滑倒了，她忍着痛艰难地站了起来，手中仍然紧紧地握着扫把。她往前走着，我感觉她走的每一步都那么艰难，但带给路人的却是欢乐和温暖。

她为别人那么着想，却没有顾上自己，转眼间已经三年了。她仍是这样默默无闻，而且消瘦了，更老了。

我敬佩她的默默无闻！她很普通，她就是小院子里的清洁工。

2011 年 10 月

梦幻天使

今天天气很糟糕，外面一直下着茫茫白雪，对面的那栋楼好似一大块雪糕。我困得要命，心情如同天气一样沉闷。我躺到了床上，不知不觉就进入了梦乡。这时，我忽然感到浑身发冷，一睁开眼，让我惊讶的是，我发现自己站在一座漂亮的水晶宫面前。那座水晶宫里里外外晶莹剔透，发着蓝色的光。我不禁自言自语道："真是一座漂亮的水晶宫啊！""那当然了，这可是梦幻天使住的宫殿呀！"我被这细细的声音吓了一跳，一转身，却什么人也没看到。这时那个细细的声音又响起了："我在你的手心里呀！"我赶快张开了手，一个拇指般大小的小人便飞了出来。她身体是白色的，翅膀是用水晶做的！可我还不敢相信这是真的，于是就说："你是从哪里来的，我这是在哪里呀？"那个小人笑了一下便轻声说："我是从遥远的北冰洋赶到这里的，你真是个傻瓜，连在你自己的梦里都不知道！""啊？"我奇怪地说："你到这里来干什么？""噢，我是一个梦幻天使，只在一个内心充满幻想的人面前出现，对了，你还没问我名字呢？我叫冰。"我不再好奇了，我高兴地说：

“冰，你快说说你到这里来的正事吧！”“我是来帮你完成一个愿望的。”冰说。“愿望？什么愿望都可以吗？”我激动地问。冰点了点头，我闭上眼睛思考着，“考试次次得满分？还是天天快乐，还是…… 啊！有了，让冰做我的小天使！”我看着冰然后说出了我的愿望。冰却失声尖叫，随后伤心地说：“你为什么要这样呢？你会害惨我的，如果我来到现实生活中会化成水的，可你已经说出愿望了。”冰难过地哭了。我简直恨死我自己了，我真是害惨冰了。我突然想到一个办法，就对冰说：“你可以不帮我办这个愿望，我再许第二个愿望不就可以了吗？”冰却哭得更凶了，她呜咽着说：“现在说什么也没用了，只要人类说出第一个愿望，不管是什么我们也要办到。唉，我的好伙伴雪就是这样死的。”我愣住了，随后捧着冰哭着说：“对不起，冰！”突然冰不哭了，而是坚定地飞了起来对我说：“现在我要跟你去人间了，这个梦要结束了，如果你还想念我，就说：‘冰、冰、冰，快出现吧！’我的身影就会出现在你面前三秒钟，然后消失，不过只能说三次啊！”说完，冰带我飞了出去。我只觉得眼前一亮便醒了过来。我发现眼角湿湿的，而手里却有一滩水，我这才反应过来，急忙找到一个瓶子把水倒了进去。我拿起瓶子把它捧到我眼前，轻轻念着“冰、冰、冰，快出现吧！”这时瓶里的水居然有了冰的样子，我惊喜地看着冰，可冰却消失了……三秒到了。我看着远方的雪世界，心里想着：“冰，我永远不会忘记你，你是我最好的朋友！”

2012 年 2 月

来自北极的星星

“夜空真的好美啊，有那么多的星星。”我时常听到这样的赞叹。

我是一颗星星，但我和别的星星不同。我来自北极，那里真美，我喜欢来自北极的风，凉飕飕的。可是，可是，我回不去了。我那天贪玩儿，该休息了，可我独自离开天空，来到了北极的海边。海浪的声音多么好听啊！一遍又一遍地冲刷着碎裂的冰块。可是，我竟然没有想到，海浪会把我卷走。我猛力挣扎，可是，还是逃不过海的手掌心。我感到很晕，于是，我渐渐沉入了大海……

醒来后，我的耳朵已经听不到海浪的声音了。我坐了起来，可这个地方，只是一座城市，没有了往日的宁静，却充满了城市的喧嚣。我觉得我好像失去了一些东西。我大声哭泣，我恨我自己贪玩儿，更恨海浪把我带到这个地方。正在这时，我看到了人类。人类这个词，对我是那么陌生。我很害怕，我别无去处只有飞回天空。我一抖身，飞回了天空。虽然天空中有那么多的星

星，可是，我很孤单。那些星星把我视为怪物，都远远地避开我。我好想念北极，北极的那些好伙伴，和我的妈妈。我好想家啊！我眨着眼睛俯视着地面上高大的建筑，我还没有流过泪，从来没有过。

我再也忍受不住，我只想回到朋友们的身边。我美丽的北极呀！于是，我最后望了一眼那遥远的天际，那遥不可及的北极，带着我自己心中的北极，飞快地坠落了下去。坠落的途中，我感到自己落了一滴泪，自己的心，碎了。我听到了人类的声音：“快看！那是流星！”在与地面碰撞的一瞬间，我合上了眼。随着很微弱的“砰”的一声，我散落成了无数的小星星。那些小星星飞入每一个人的心里。谁也不知道，我的名字叫孤单。

2012 年 3 月

狐　怨

一

“天，真的很蓝呀，不知道什么时候才能看到红毛？”蓝毛自言自语道。

红毛和蓝毛是很好的姐妹，都是族里最美的母狐——娇娅所生，她们的父亲，当然是密叶族的狐王了。

蓝毛想到这里，不禁忧郁地看了看远处的高山，红毛就是在那里遇难的。

那是个阴冷的夜晚，风很大，族里的每只狐狸都饿着肚子，他们已经两天没有吃东西了。刚刚好不容易从一只獾嘴里抢来一头小野猪崽，谁知鲜血的气味招来了几头凶猛的狼，大家只得丢下肉匆匆逃跑……唉，真是悲惨。老天竟然也不留情，突然下起了一场暴风雪。几只饿得两眼发直的狐狸突然扑向一只瘦小的狐崽，那只狐崽叫雪球，是只贱狐所生，长得极其瘦小，尾巴像个枯树枝，无精打采地拖在地上。可怜的小雪球还来不及挣扎，就瞬间变成了一具尸体，所有狐都两眼发光，扑向了这只可怜的狐崽。只剩下红毛、蓝毛还有雪球的母亲——枯尾愣在了原地，随后，枯尾发出了一声凄哀的长嚎，奔向了一座山顶，站在那里，凄凉地长嘶着。饱餐了一顿后，狐王原本干瘪的肚皮被撑得凸显了出来，其他狐狸的脸上都挂着满意的笑。红毛气愤地吼了一声："你们怎么能这样？杀死同类！还这么高兴，真是可耻。"

"不是我们可耻，这只小贱狐留着也没用，它只会增加族群的负担！"狐王洛迪不屑地说道。

红毛和蓝毛气到了极点，破口大骂道："你们真是世界上最可耻的狐狸！我们决不在这里多待一秒钟！"说完，她们向远方跑去，不顾狐王愤怒的长嘶。

突然，只听"哧"的一声，红毛不见了！事故就发生在前面的那个土坑里，红毛掉了下去，那是个猎人的陷阱。红毛发出呜呜的求救声，意思是说："求求你了，蓝毛，救救我吧！"蓝毛看了看那个坑，很深，如果掉下去，那是没法上来了！蓝毛急得团团转，只得去求族狐帮忙。

可族狐是群胆小鬼，看见了这个坑就呜呜跑开，就连狐王洛迪也没办法。

最后，蓝毛被狐王拖走，红毛被狠心地抛弃了。蓝毛一到洞穴里，就不顾一切地嚎叫，声音凄凉又悲愤。

想到这儿，蓝毛不禁咬了咬嘴唇。突然，一个火红色的身影出现在她面前。哦！是焰影，一只火红色的狐狸，一只英俊的狐狸，一只她蓝毛喜欢的狐狸。

焰影发出柔柔的叫声，用他那黑亮的眼睛盯着蓝毛。蓝毛本想舔舔焰影光滑的毛发的，可是，那天杀害小雪球队伍中的狐也有他。于是，蓝毛发狠地把尾巴抽向焰影的背部，打掉了他一撮红毛。焰影哀嚎一声，满眼疑问地看着蓝毛："你为什么要打我？我跟你无怨无仇？"蓝毛冷笑一声说道："你这个残忍的大公狐！你还有脸来反问我，那天害死雪球的公狐就是你！"焰影被骂得哑口无言，惭愧地夹着尾巴走了。蓝毛叹了口气，鼻子有点发酸，事情本该不是这样的，按狐的审美观来说，焰影是一只极好看的公狐，有一身火红色的皮毛，光滑而又柔软，四腿修长，肚子的白毛则显得非常醒目，那条蓬松的尾巴和那水似的黑眼睛让每只雌狐都抵挡不住，而焰影只喜欢蓝毛，这让蓝毛心里很甜蜜，可自己如今却这样对他，实在有点……不！是他杀害了雪球，他是只外表好看而内心十分恶毒的家伙！一股怒气又在蓝毛心里火速上升，这使蓝毛的内心十分纠结。

“算了，不管了。先去吃点东西吧。”蓝毛心里的一个声音说道。于是，她向朝朝的巢穴走去。朝朝是一只黄毛的母狐，也挺好看，是地位仅次于狐王的一只母狐所生。朝朝性格很温和，可是她的脚有点跛，但是这不影响她狩猎。蓝毛走进朝朝的洞穴，邀请朝朝跟她走，朝朝看了看身边呼呼大睡的父亲，然后点了点头，跟着蓝毛走出洞。

朝朝的脚是被一只母狼咬伤的。前些日子，红毛还没失踪，狐群来到了高原上，跟踪一只母狼，这只母狼上了年纪，不久就要走上黄泉路了。每只狐狸都精神抖擞，她蓝毛也不例外。那只母狼好像没有注意到身后跟着一队“阴险”的家伙，还在惬意地舔着爪子，朝朝兴奋地磨了磨牙，向前一步步地逼近。等她走到离母狼只有几米近时，这只母狼竟然竖起了耳朵，狂嚎一声向朝朝扑来。朝朝毕竟是一只年轻的狐狸，经验少，上来就用嘴要咬母狼的颈窝，母狼也不是动都动不了的老狼，她还能跳跃撕咬，几个回合下来，朝朝的脚就被母狼咬跛了，而母狼的背只是被抓了一道口子。朝朝哀嚎一声，向族狐发出求救信号，族狐听到了朝朝的求救声，像洪水一般地涌来……不一会儿，老狼就遍体淋伤地喷出一口血沫，奔上了黄泉路。族狐把这只老母狼拖回了营地，而朝朝却跛着脚，忍着痛回到了洞穴。

话又说回来了，朝朝和蓝毛正漫不经心地走在一条泥路上，希望在这条小溪边捕到点什么的，可是，今天的天气不太好，猎物可能不太会出来。正当她们紧盯着河岸边的草丛时，一阵沙沙的声音引起了她们的注意，两只狐狸对视了一眼，并肩向草丛中走去，很快，一只白色的兔子出现在狐狸的视线内。这只兔子很肥，他还在津津有味地啃着野草，蓝毛暗暗得意，如果她把这兔子带给焰影，说不定他会忘记刚才她的粗鲁，重新与她和好。

突然，一只脚戳了她一下，蓝毛回过神来，发现朝朝正用一种责问的眼神看着她，意思好像是："你在干什么？猎物都跑光了！""什么？跑光了？"蓝毛赶紧把视线转移到白兔身上，幸好，它还在吃草。朝朝伸出前掌向野兔靠拢，蓝毛则在后面准备攻击，突然，朝朝发出一声狐嚎，扑了上去，野兔尖叫一声，向蓝毛这边跑过来，蓝毛嘴上有了一丝不易察觉的笑，用嘴一下就衔住了野兔的喉管，猛地一合嘴，野兔还没发出声音，就头一歪，倒在血泊之中了……两只狐满怀欣喜地吞食着野兔的一条腿，剩下的肉准备留给焰影。这顿午餐吃得两只狐满嘴流油。

二

蓝毛舔着自己鼓起的肚皮，想象着当母亲的欢喜。蓝毛和焰影结为伴侣，那是几个月前的事了。如今，她蓝毛怀上了狐崽，成了族狐重点保护的对象，不用外出狩猎，只要安心享受着阳光，吃着鲜嫩油滑的内脏……怀上了狐崽，就等于掉入了蜜罐。

蓝毛舔完了肚皮，就想出去晒晒太阳。突然，肚子一阵巨痛，让蓝毛倒在了地上，她马上意识到她的宝宝要出世了。于是，她艰难、缓慢地爬到了洞内，衔住了几片叶子，侧过身，好让宝宝出世时舒服一点。果然，一阵巨痛立马席卷而来，只听“咚”的一声，一只狐崽跌落在了柔软的草上。紧接着，另两只狐崽也出来了。蓝毛的额头上出现了豆大的汗珠，但当母亲的喜悦让蓝毛顾不得疼痛。蓝毛温柔地舔着三个宝贝的额头，小狐崽还没有睁开眼睛，总共两公一母，小狐崽的身体还是粉白的，很瘦，只会吱吱呀呀地叫。蓝毛打量完她的宝贝后，温柔地叫了一声。不一会儿，洞里就闪进了一个火红色的身影，没错，他是焰影。焰影看着那三只狐

崽，温柔地叫：“蓝毛，我的宝贝，他们可真可爱，我们是不是该给他们取个名字呢？”

“当然，”蓝毛发出了快乐的呼呼声。

“那只母狐崽的眼睛真好看，叫她凤崽吧，那两只公狐分别叫火苗和小岩吧。”说完，焰影自豪地挺了挺胸。

突然，一声狐啸响彻了整个狐族，蓝毛的脸“唰”地一下变得苍白，因为她明白，这叫声意味着什么。狐王对她说过，如果他或任何一只狐狸发出啸叫，那么就是危险来临了。

焰影惊恐地跑了出去，然后担心地看了蓝毛一眼，意思是“我不在时，你要照顾好自己和宝宝！”

蓝毛用力地把狐崽推进一丛隐蔽的草丛中，可能推疼了凤崽，她发出吱吱的叫声。蓝毛惊恐地嗅了嗅空气，她瞬间抖了一下，她明白，这是群狼的气味。他们是怎么摸到这儿的？蓝毛的心里多出了一些疑问。没时间了，狼的气味越来越浓，他们要来了！蓝毛把幼崽推了进去，自己的尾巴刚刚收回去，狼就进洞了。狼低头嗅着，突然他停了下来，仔细地盯着一个脚印，上面还残留着狐狸的气味。蓝毛都快窒息了，刚才那个脚印是自己太大意才留下的。突然，不知怎么的，是自己没捂好凤崽的嘴，还是凤崽挣脱了她的爪子，发出很轻的“吱”的一声。狼立马呲着牙齿，向这丛草丛走来。蓝毛意识到了危险，她含着泪，衔住了凤崽的喉管，猛地一合嘴，凤崽还没发出一声尖叫，就软软地从蓝毛嘴里滑了下去。蓝毛的心在滴血，但是，如果她不这么做，会带来更大危险！可是，让蓝毛没想到的事情又再次发生了，也许是小岩看不得血，或者自己刚才忙着处理凤崽了，没有捂好小岩的嘴，也许他们太小了，不知道危险降临。小岩也吱吱地叫了一声，火苗竟然也跟着叫，狼那犀利的绿眼光立马向蓝毛这边投射过来。蓝毛悲凄地哀嚎一声，迅速地向洞口逃去。狼并没有追来，因为洞里传出了小岩和火苗的叫声。蓝毛躲在一丛树丛后面，泪已经止不住顺着她脸颊快速地滴下来。要是红毛在就好了，如今她的宝宝没有了，焰影也不见了，还是远离这个令人倒霉的狐群吧！她用爪子擦了擦泪，狠了狠心，向远方奔去，她知道这意味着什么，以后就什么都要靠自己了。

残阳如血，投射下来的光照亮了一个暗红色的身影。

2012 年 4 月

猫的麦田

“叮叮叮叮”——这是风铃的声音。只要是个有风的日子，风铃就会发出清脆、好听的声音。我的小屋挂满了彩色的风铃，我很喜欢听风铃的声音，更喜欢看着麦子随风摇曳，这是我脑海里关于儿时最珍贵的回忆。

我家不远处，是一片麦田。到了夏天，麦子熟了，金色的麦田好看极了。这是我最盼望的时刻，因为猫会在麦子熟了的时候到我家做客。每到这时我就乐呵呵地数着日子。猫终于在一个午后来到了我家。他顺着烟囱滑了下来，“嘿，你家的烟囱该退休了，呸，呸，弄得我一身土。”猫开玩笑地说。我惊讶地看着他，一时不知该怎么说。过了一会儿，我才从惊讶中走出，小声地说：“你，你就是那只来拜访我的猫吗？”我打量着猫，他的毛色很好看，像晴天里的云一样柔软洁白。两只深蓝色的眼睛，亮亮的。身上还带着麦田里温暖的气息。猫很有礼貌地点了点头。“哇！太好了，欢迎你哦！”我激动地跳了起来。猫走进厨房，拿起了一个麦子做的面包，“哦，哦，饿死我了，您能允许我吃一点面包吗？”猫期盼地望着我。“当然可以。”我看着爪子和嘴上都沾满了面包屑的饱餐后的猫，噗嗤一声笑了。猫站了起来，给我鞠了一躬后说：“谢谢你，明年的夏天你能到我家去做客么？我可以带你去庙会。”我点了点头，心里默默地记住了这件事，猫也满意地点了点头，从窗户跳了出去。猫走后，我闻到了他留下的温暖的麦田气息。

此后，我天天盼着那个我和猫约定好的日子能早点

到来。十二个月后，麦子又熟了，猫准时出现在我家。“啊！小姐，我们又见面了。现在我们出发吧。”猫说完就跑向麦田。我边走边好奇地问猫：“你家在麦田里？”猫的尾巴动了动说：“只要有麦田的地方，就是我的家。”太阳照在身上暖暖的，麦风吹过，叮叮叮叮的声音传入我的耳朵。猫看着我陶醉的样子，介绍道：“这是风铃的声音，马上就到我家了。”在麦田的中央，一个小小的木屋映入我的眼帘，木屋上挂满了五颜六色的风铃，像一朵朵不同色的花绽放在田间。走进猫的家，一股麦田的气息扑面而来。猫的家很干净，此时猫正熟练地切着几块面包。“你的家真好看啊！”我情不自禁地赞叹道。猫没有说话，而是用一个木勺子搅拌着一锅粥。“嗯，好了！你坐下来尝尝我的手艺吧，麦片面包和麦片粥。”猫终于忙完了，坐下来吹着热气腾腾的粥。我尝了一小口面包，嗯，比我吃过的白面包都要好吃。这时，有两只花白色的猫从屋里走了出来。猫一一向我介绍着，“木花是我的姐姐”，一只花白色的猫走出来说：“嗯嗯，麦子跟我提起过你，人类的小女孩。”“木叶是我的哥哥”，另一只猫走了过来，冲我点了点头。“那你的爸爸妈妈呢？”我好奇地问道。猫的耳朵耷拉了下来说：“他们去了一个美好的地方。”我看见猫的眼里有一层薄薄的水雾。猫转过身擦了擦泪说道：“你不是想看看猫的庙会吗，走，我带你去。”猫的庙会好热闹啊！在麦田后面的一个小角落，有许多猫在沿街叫卖，各色各样的小吃摆在路边的摊位上。这时，我听见了叮叮叮叮的声音，是风铃！我看见了许许多多的风铃挂在一棵树上。一只和蔼的灰猫向我走了过来说：“许个愿吧，一定能成真的。”“怎么许愿?”我问。“把你的名字写在这个风铃上。”灰猫递给我一个蓝色的风铃。我在心里默念道：“希望麦子能找到它的爸爸妈妈，一家人能团聚。”这时，起风了，风铃发出了悦耳的声音。我把一小块面包送给了灰猫作为报酬。

猫领着我来到了一个大大的店门前，一只猫给我们照了一张照片，我们傻傻地笑着。夜幕降临，庙会结束了。临走的时候，猫送给我一个风铃，我接过风铃，有些不舍。猫看出了我的心思，说：“明年夏天你还可以来的。”我看着猫说：“那你也要来我家哦，我可以带你去看看人类的庙会。”猫点了点头。

第二年的夏天，猫，没有来。我等了很久很久，直到冬天，下雪了，麦田变成了那只猫的颜色。我带上为猫准备的鱼汤去麦田找他，可是，猫和他的家消失了。风铃此时仿佛又响了起来。叮叮叮叮……我坐在雪地上想：也许猫找到了他的亲人吧。我还记得猫曾经说过：只要有麦田的地方，就是我的家。我也忘不了猫身上温暖的麦田气息。

风吹过，像在诉说着什么。刹那间，我明白了，这也许就是成长吧。

2012年5月

魔　猫

在距今很遥远的古时候，猫，出生了。那时候所有的人都没有见过这样神奇的生灵，所以，不论平民百姓，还是王公贵族，甚至帝王，都想得到她。猫整日整夜都在逃跑。

猫，终于倒下了，倒在了一片森林里。这时，来了一位砍柴的老人，老人看了看猫，慈祥地说：“你看起来病了，让我把你带回家吧，你会好起来的。”老人说完，就抱起了猫，猫想跑，可她没有力气了。猫真的很累。

老人给猫治好了病，猫本想走掉，可是猫不知怎么的，留了下来，因为老人是第一个对猫好的人。老人把猫当孩子养着，猫很快乐，但是，后来，不幸来临了。

老人得了病，永远起不来了。老人在临终前的最后一句话是：“猫，以后我不能再照顾你了，这个世界上我最舍不得你了……”老人走了，猫很悲哀，猫不想离开老人，她思啊、想啊……猫想睡了，她太累了。于是，猫睡了，睡了很久……

不知道过了多少年，猫醒了，那是个大雪纷飞的冬天，凛冽的寒风夹杂着细细的雨丝和雪花。奇怪，猫，不觉得冷，她想，也许自己已经死了吧。

这时，猫听见了一个稚嫩的声音，她转过身，发现是一个小男孩。猫冷冷地注视着他，因为在猫心里，只有一个人值得她挂念。小男孩的脸被冻得很红。猫龇着牙齿，想吓跑他。小男孩没有害怕，而是用稚嫩的嗓音问：“你不冷吗？跟我回家吧。”猫的心颤了一下——这

个小男孩的神态竟如此像老人。猫感觉有东西滴落到了雪里，和雪一起融化掉了，是泪吗？猫的心暖了。“你是谁？”猫还是忍不住问了一句。小男孩惊讶地说：“你会说话？”猫点了点头。“你，我觉得在哪里好像见过你呀？”小男孩叹了口气说了一句，猫此刻激动了，她轻轻叫了一声：“木。”木是老人的名字。小男孩猛地睁大了眼睛叫道：“萌！真的是你！你等了我几千年呀！”萌是猫的名字，猫在那一刻竟说不出话来。木和猫又团聚了，但是，猫，很老了。猫在那几千年里，一直都睡着，其实木和猫都不知道，自己已经死了，而他们此刻待的地方，有一个温暖的名字，叫天堂。

故事并没有结束，猫和老人会永远活在每个人的心里，当你仰望天空时，说不定那两颗最明亮的星星就是猫和老人。

2012 年 6 月

梦回古国

忘不掉的旅行。

今天的天气真好。我哼着歌走在放学的路上，今天是我的生日，我要赶回家去，看看妈妈答应送给我的礼物——一只玳瑁色的小猫！咦？家里竟然没人，桌子上放着一张纸条和一个纸盒，我很生气，今天妈妈竟又不回来了。我拿起纸条认真读了起来：“今天我要开会，不回来了，礼物放在桌上，妈妈。”不过唯一让我欣喜的是，纸盒里有着一只小猫，啊不，等等，它竟然用黑色的眼睛瞪着我！“喂，你瞪我干什么？”我也回瞪着它。“哼，我堂堂猫族的首领，竟然这么狼狈地落在了猿人的时代！”“谁呀？”我惊讶地向四周看去，天呐，屋里就我和这只猫，难道？……猫又开口了：“喂，你想什么呢，本首领在和你说话呢！”我打量着这只猫，不禁哈哈大笑，鬼才信你的话呢！猫白了我一眼，自言自语地说：“别浪费我的时间，现在我要赶紧回到主人的身边了。”“等一下，你能跟我解释一下这到底怎么回事吗？”我突然发现事情有点不对劲了，钟表上的时

针和分针竟然停止了！时间定格在了四点五十五分。猫有些得意地说："好吧，看在我今天心情好的份儿上，给你讲讲古国的故事吧。古国在遥远的未知大陆上，有着神的后代，可惜古国突然出现了一群来自地狱的恶魔，他们肆虐地横行在大陆上，不断地杀死古国的神族后代。"说到这儿，猫有些悲愤地看了我一眼。我已经听入了迷，过了好一会儿，才缓过神来。我期待地看着猫说："那，我能不能去帮你们呢？"猫打量了我好久，才傲慢地说："这个，不是我说了算，你先跟我回去吧，等我主人批了才行。"我有些沮丧，不过这也可以去古国参观了嘛。猫冲着窗口喊了一声："宝贝儿，来吧！"一只巨大的翼龙竟出现在了窗口，冲了进来，太神奇了！巨龙抖着它巨大的翅膀，把挂灯也给打碎了。猫冲我发过来一个歉意的眼神，说："上来吧。"我抓着巨龙头上的角滑到了它脖子上，猫也爬了上来，我能感觉到巨龙鼻子里呼出的热气。猫大声地喊道："起飞吧，抓紧它的角。"巨龙腾地一下子冲出了窗口，这速度好快呐，可真丢脸，我竟然晕了过去……

醒来后，我发现四周是一片茂密的雨林，天空中几只翼龙在盘旋，猫正舔着它的爪子，驮我们的巨龙已经不见了身影。猫转过身说："既然醒了，就出发吧，一会儿别人问你话你不要随便出声。"我点了点头。猫对我说了一个咒语，周围出现一道金光，我变成了一个送饭的，呜呜，我耷拉着脑袋跟着猫往前走，这时，两个穿着铁甲的士兵朝我们走了过来，"站住！"他们挡在了我们的面前，"请出示通行证！"猫递给了他们一张金色的卡片，士兵惊讶地互相看了一眼后，对猫鞠了一躬后说："您可以进去，但您后面那位是？"猫哦了一声说："他是来给国王陛下送饭的。"士兵瞄了我一眼小声地提醒道："外乡人，注意安全！""好险呀！"我小声地嘟嚷了一句。我望向四周，出了林子，是一个小镇，四周是类似江南那边的建筑，可惜的是这里很冷清，所有的店铺都关门了，估计是恶魔来了吧。猫带我走到了一个井旁边，说了一声："伟大的陛下！"井盖缓缓移动着，下面有一条通道，猫点了一盏小灯往下面走，下去了之后，井盖又关上了。"这到底是什么地方？还有滴水的声音？"我问猫，猫回答："其实这是一条秘道，通向国王的宫殿。"隧道很深很长，走了大约半个小时才看见一点亮光。猫拿出一块夜光石，轻轻地按进了一个凹槽里，石门咔地打开了，我跟着猫走了进去，一个金碧辉煌的大厅展现在我面前。不可思议！突然，传来了一阵很轻的脚步声，一个年轻的男孩出现在我面前，我仔细打量了他，他是……是人类吗？他的头发是银色的，眼睛是蓝色的，穿着一身红色的长服，还有一个精致的披风，他莫非就是传说中的古国陛下？他和猫交谈了一会儿，然后冲我走了过来，"你好，非常感谢你的帮助，我会代表古国的所有人民感谢你的！"他友好地说，"你可以叫我洛基"，他补充了一句。"叫我闪烁就行"，我也自我介绍道，"闪烁？呵呵，有意思！"洛基哈哈大笑起来，但马上，他又摆出一副严肃的面孔说："接下

来，你要进行专业的培训。可能会有点危险，不过我会让猫保护你的。”猫听到这儿冲我做了个鬼脸。洛基说完就递给我一张通行证，然后准备离开。“等等！”我冲洛基喊道，“还有事吗？”他冲我笑了笑，“那个，接下来我去哪儿呢？”我貌似问了一个很白痴的问题，洛基耸了耸肩说：“一切听猫的，三天后来这里集合，准备作战！”三天的时间可真短，我连个手枪都不敢拿啊！猫猜出我的想法，安慰道：“没事，我们用咒语。”“咒语？”难道真的像哈利·波特书里所说的咒语？

接下来的一天时间里，猫教了我几个简单的咒语——怎样指挥翼龙去战斗。晚上，我和猫坐在屋顶看星星，古国的夜晚比我们那里的好看多了，天上全是星星，“唔，还有银色的，红色的星星！”我情不自禁地赞叹道，猫憧憬地望着天上那颗北极星，喃喃地说道：“你们那里的人我能感觉到，没有我们这里的人善良。”这一点我赞同。“可惜战斗要打响了。”猫又自言自语道，就这样，沉默了一个晚上。早晨，仍旧要学咒语，只是中途出现了一点小状况，我遇见了两个恶魔，幸好猫赶来搭救我，否则我的小命就真玩儿完了。而此后，猫带我参观了他们的军营——庞大的翼龙集合地，无数头巨大的翼龙正低头吃着草，还有的正被人牵走。猫笑着对我说：“这里的翼龙你可以挑一头当你的坐骑。”啊，太棒了。我走上前发现有一头翼龙和其他翼龙的样子不一样，是蓝色的。“这是怎么回事？”我问道，猫有点迟疑地说：“这是只野生翼龙，没有人能驯服它的”，“可我想试试。”我几乎毫不犹豫地打断了猫的话，猫看着我坚定的眼神，点了点头。我拿起猫递给我的食物，慢慢靠近这只翼龙，它的名字我都在心里想好了，就叫蓝翼。“蓝翼？”我轻声呼唤着，翼龙竟朝我慢慢走来，“蓝翼！”我又惊喜地叫了它一声，它飞快地朝我冲来，就在我愣神的时候，手里的食物被翼龙叼走了，真够狡猾的。猫捂着嘴笑了起来，“可恶！”我大喊了一声，蓝翼得意地瞟了我一眼，我尝试着温柔地对它说话：“蓝翼，我这里还有许多好吃的，过来吧，来吧。”蓝翼终究抵不住美食的诱惑，缓缓向我走来，我赶紧去抓它的角……

与此同时，皇宫内……

洛基来回踱着步，思索着什么，突然，宫殿外出现了一道黑色的龙卷风，糟糕，是恶魔！洛基拔出剑指向那团黑影。一阵阴森的笑声传入宫殿，“好久不见！”那个声音沙哑地说。“哼，影魔，你不在地狱好好待着，跑到这儿做什么？”洛基冷冷地说。“我们的账还要慢慢算呢，洛基。不过，明年的今日就是你的祭日，呵呵。”影魔的手中出现了一团火球，直直射向洛基，洛基按下了一个黄色的按钮，向恶魔冲去……

翼龙集合基地。

“啊哈，我跳上来了。”我在蓝翼背上兴奋地冲猫挥舞着帽子，突然，猫像感觉到了什么，脸刷地一下白了，“你怎么了？”我疑惑地问，“不……不好了，陛下出事了，快回宫殿。”猫声音沙哑地说道：“这一天来得好快啊！”猫吹了个口哨，可是不见翼龙飞来，“糟糕了，我的坐骑可能被恶魔困住了。”猫痛苦地说道。“等等，蓝翼还在这儿呢！”我心中燃起了一丝希望，“对！”猫的眼睛亮了，蓝翼竟出奇地安静，或许它也知道了事情的危险，猫拍了拍蓝翼的头：“出发！”当我们到达宫殿的时候，宫殿里已经乱成一团。“陛下！”猫向洛基冲了过去，恶魔看见我们立刻化成一团黑影逃走了。洛基此刻受了重伤，血正从他的嘴里流出来。洛基微微睁开眼睛，勉强说：“猫，咳咳……你来了，啊……还有……你，闪烁，对不起……我杀不了它……我……很没用。”猫悲伤地摇着头：“您是伟大的，陛下，您不能抛下整个国家和人民。”“剩下来的事情，就交给你们了……我死后……这个金……色的手环……给……你，闪烁，能帮……帮助你们……”说完最后一句话，洛基永远地闭上了眼睛，永远……猫凄凉地叫了一声。“天啊，事情怎么会这样？”我自言自语道，现在希望再一次离我们远去了。猫轻轻地放下洛基，眼神坚定地看着我：“国王陛下不在了，以后我肩上的责任很重，我想……”猫停顿了一会儿说：“你还是回去吧，这里太危险了。”“不！”我打断了猫的话：“既然来了为什么要回去？我不能眼睁睁地看着古国灭亡！”猫的眼睛里闪烁着泪光："我很佩服你。"猫只说了这么一句话，但我知道，猫同意我留下来了……

"这是我来这儿的第五天了，洛基死了，对手太强大了，可是总还是会有希望的对吗？"我总是在心里这样问自己，再过两小时，我和猫就要出发了——去为古国的人民和洛基报仇。时间过得真快，临出发的时候，猫把洛基留下的手环戴在了我手腕上。我轻轻地抚摸着蓝翼头上的角说："蓝翼，接下来也要靠你啦。"蓝翼似懂非懂地看着我。猫最后检查了一下，就朝我走了过来。坐在蓝翼背上，我暗暗对自己说："加油！"虽然我不知未来会怎样。蓝翼突然叫了一声，歪到了一边。"怎么回事？"我大声问猫。还不等猫回答，一片"乌云"就飞快地向我们飘来，大地一片阴暗。天啊！那不是乌云，是黑压压的恶魔！蓝翼愤怒地向恶魔吐着火焰，但只烧掉了三个恶魔。猫和我则一连串说了好几个咒语，可恶魔还是剩下了很多。正在这时，我却听见了恶魔的惨叫，只见一道道光射向恶魔，我抬头看去，是古国的翼龙在战斗！太好了，可是一团黑色的火焰却射中我……坠落的途中，我感觉自己轻飘飘的，一切嘈杂的声音都已离我远去。好安静啊，原来死也不是那么痛苦，我轻轻闭上了眼睛，对不起猫，对不起洛基，对不起古国的所有人民，我没完成自己的使命。一片黑暗……“这就要放弃了吗?”黑暗中我听到了这样的声音。一个人影走到了我的面前，我吃惊地浑身颤抖起来。是洛基！然后，我又平静下来，自叹道：“看来我真的死了。”洛基却严肃地看着我说：“不，你没死，你现在在自己的意识里。”“意识？我没死?”我不解地问。洛基把我拉了起来说：“下次你可能就不会这么幸运了，是猫救了你。”我还想再说些什么，可洛基慢慢变得模糊起来，我的耳边一直在重复着这样一句话：“站起来，不要放弃……”

我猛地睁开眼，天空很晴朗，地面好柔软啊。我坐了起来，手指和小腿还隐隐作痛。我眯着眼睛向周围看去，是一片林子！猫和蓝翼去哪儿了？这时我才发现身后似乎吹来了一股冷风。我回头看去，啊，是影魔！它正拿着一把长剑指着我，它嘴角微微向上扬着，用沙哑的声音说：“看起来你是个懦弱的人类嘛。”“懦弱？！”我的眼里燃起了愤怒的火焰。这时我听到了一阵细微的呻吟声，是猫！猫的身上怎么那么多道血痕。蓝翼疲惫地躺在草地上。影魔毫不费力地抓起猫笑着说：“这是

你的朋友吧，真是个傻家伙。为了救你不惜被我抓住，真不明白它为什么要这样。”我的眼泪再也止不住，一下冲出了眼眶，我坚定地告诉它：“我告诉你这是为什么！因为我们是真正的朋友，我们一起生或一起死，而这样的朋友你永远也不会拥有！因为你是个缩头乌龟，只会让你的手下当替死鬼，让他们去冲锋陷阵。你的手下不会真正地为你战斗！”我一口气竟然说了这么多，影魔的眼里闪过一丝惊讶，但随后更愤怒地说：“哼，那又算什么？现在我让你们一起完蛋！”“究竟是谁完蛋还不一定呢！”我也毫不犹豫地拿着剑刺向影魔。两把剑擦出了火花，而我的手突然一松，剑掉了下来。我喷出一口鲜血。影魔邪恶地狂笑起来说：“我不过念了一个小小的咒语你就变成这样了，真是不堪一击！”我知道它想让我发怒，但是我绝不会让它得逞的！可我现在站不起来了，突然，我的手环发出了一道刺眼的金光，直直射向影魔，我抓紧机会摇摇晃晃站起来用剑刺向影魔的心脏，刹那间，我听到了剑插入心脏的声音。我的意识变得越来越模糊……

不知过了多久，我醒了过来，猫正坐在我的旁边，它的伤口已经愈合了。“我昏迷了多久了？”我问猫。“已经二十天了。”猫说，“影魔死了，古国从此太平了，谢谢你。”猫感激地说。突然，我不知道自己的心情为什么难过起来，“说实话，我舍不得走。”猫过了很久才说话：“你也可以选择留下来，你会是新的国王陛下。”“可是，我知道自己不能留下来。”猫遗憾地摇了摇头说：“好吧，我尊重你的选择，我会记住你的，闪烁。”我最后问了一个我一直以来最想问的问题：“我想知道你的名字。”“我叫sky，天空。”我只听见了这句话，视线便慢慢模糊起来……

睁开眼睛，我正趴在桌子上，看了看表，五点半了，可日期还是我生日的那天，盒子里也有只小猫，只是它不再会说话了。

这一切，我可以肯定，是真实发生的。而过了很久很久，我长大了，我仍时常在想，古国是真的，在世界的那一边，猫，洛基，我知道你们在想着我，在微笑啊！

2012 年 7 月

山兔泪

那天，山上的花开了，美得凄凉。可我一辈子也没有想到，我爸爸永远离开我了。他还没有来得及去看看山上的野花，那么美。但是，自从爸爸离开我后，山上的花，好像都谢了。

“妈妈，爸爸去哪儿了？”我总是这么问妈妈。妈妈总会将脸扭到一边，望着飘来飘去的白云。而后，妈妈肯定会笑着回答：“你爸爸去了一个很远的地方，等你长大了，他就会回来……”

可是，我看见你眼里，有一层薄薄的水，在你眼里打转，是泪吗？

终于，我长大了，我要去迎接爸爸的归来。那一晚，我兴奋地做了一锅爸爸最爱喝的萝卜汤，用光了家里储存的所有好萝卜。可令我万万没有想到的是，妈妈会告诉我一个惊人的消息。

妈妈淡淡地说：“你爸爸不会回来了，他早已走了。”说完，妈妈就不再搭理我，去做她自己的事了。但是妈妈不明白，这一句话，对我的伤害有多大。那一刻，我的心在冰冷的深渊里挣扎，打转，旋转。

我发疯般地摔碎了家里的锅和碗，哭了整整一夜，可不管我怎么闹，都掩盖不了我心中的悲哀、思念。于是，我对着爸爸的照片大喊：“你骗我！骗我！你说等我长大了就会回来，你……”我的声音渐渐弱了下去，后来，竟倒在床上睡着了。梦里，我看到了爸爸，我激动地抱住了爸爸，爸爸用他柔软的脖子蹭了蹭我的额头，我俩都笑了，我还梦见爸爸和我一起在田野上奔跑。嘻嘻，好快乐哦！

不过，梦，总是要醒来的，妈妈终于对我讲了事实。

当我还是只小兔子的时候，爸爸去了森林给我摘我最爱的三叶草，要为我做我爱吃的三叶草饼，可是，不幸的事发生了，一个残忍的人类悄悄接近了我爸爸……那一天，也就是我妈妈和我最后一次见到爸爸……

原来，事情是这样的，我飞快地跑到了原野上，我的泪再也控制不住，像瀑布一样猛地流了下来。而那天，正是我爸爸遇难后的第三个春天，而这一天，山上的花像往常一样，开遍了整个荒原，美得凄凉。

2012 年 8 月

无法抹去的记忆

在我的记忆中，有件事我是永远无法抹去的。它就像你心上的伤，每当想起这件事，我都会泪流满面，心像被扎了似的。

那是一个炎热的下午，太阳好像把它全部的热量都射在了我身上，我的手颤抖着拿着试卷，上面有一个醒目的红字，“良”。我的心里很不是滋味，但更多的是害怕。我怕回家看到姥姥那严厉的目光，当然，还有一顿打。这时，突然响起了我最不愿意听到的铃声，放学了！我像蜗牛一样缓慢地往家走。往常只用半小时，今天竟用了一个小时。唉！我重重地叹了口气。

我轻轻地开了门，看到姥姥正拿着把扇子坐在椅子上，冷冷地看着我。我的心一下子沉了下去。姥姥冷冷地说：“考试多少分？”我猛地抬起头，然后又低了下去，小声地说：“优，93 分。”姥姥没有回答我，而是闭着眼睛靠在椅子上。我匆匆溜进了房间，心里很纠结，姥姥会相信吗？我使劲摇了摇脑袋，自我安慰道：“没事，她刚才没说要看我的卷子。”于是我的心又放

了下去。我从书包里抽出了学具袋，一不小心，卷子也被抽了出来，它落到了门边。我赶紧去捡，突然，我发现门口正站着个人。我惊呆了，是姥姥！我吓得腿直哆嗦，姥姥马上捡起了卷子，生气地说道："这是什么？"她看了一眼，然后把卷子拍到了桌子上。她没再说话，但我能感到她的怒气正在火速上升。她突然向我走来，我还没反应过来，只听"啪"的一声，姥姥给了我一巴掌！我惊呆了！拿手捂住了脸，但脸还是很疼，我忍不住哭了起来。我痛苦地说："您根本没关心过我！您关

心的只是我的成绩，我已经很努力了，可换回来的是什么？是您的打和骂！”姥姥愣住了，我再也控制不住泪水了，我哭得很大声。姥姥突然伸出了她的手，我以为她又要打我，我赶紧跑开了。姥姥的手还是向前移动，但我看到了那是很缓慢、轻柔的。她用手轻轻地摸了一下我的头，呜咽着说：“孩子，我没想到会是这样。姥姥爱你，也关心你，可是姥姥也想让你学习更好一点呀！都说打是亲，骂是爱，谁不想让自己的孩子超出别的孩子一步啊！其实我知道你努力了，可最重要的是你不诚实。你要做个诚实的孩子！诚实是金啊！”我一刹那间明白了！姥姥也是关心我呀！我一下子扑到了姥姥的怀里，我感受到我不热了，更像是被风轻柔地抚摸着。从那时起，我每天都认真地学习，看书，而姥姥变得温柔了。

时间如流水，现在，当我想拉着姥姥的手，再次感受姥姥的温暖时，已经只能面对着一堆黄土。

我永远也忘不了这件事。

2013年10月

野草让我懂得

我家以前住在一个四合院里，院子里有许许多多的野花，院子中央，是一棵高大的柿子树，那棵树的周围，长满了野草。看着它们，我忽然想起几年前的那个春天。

那是个美丽的春天，空气中混着青草和各种花的香，我家的院子里，也开满了各种各样的花。可是我偶然发现，这些花旁边多了一株野草。这野草长得又高又粗，它的旁边，竟没有一朵花。我看着这株不知名的野草，心中有了一丝怒火，“这可恶的野草，你破坏了这美丽的风景！”我冲那草吼了一句，于是，我搬起了一块石头，压在了那草的上面，“这下你就不会再长出来了。”我感到很高兴，以后的几天里，那株野草没有长出来，我以为它已经死了。

可是，几个月后当我整理院子时竟发现那株野草又长了出来，依旧是那么粗壮，在微风中傲然挺立着。它的旁边，那些刚长出来的花是那么瘦弱。我的怒火在心中燃烧着，气愤地对它说道：“你居然又长出来了，这

次我要剪断你！”边说着，我边从屋里拿出一把剪刀，把它剪断了，我还是有点不放心，又拿起一块石头，重重地压在了那株草的残根上。你这傲然挺立的野草啊！这下不会再长出来了吧。

以后，我搬离了那个四合院，住进了楼房，我差不多把那株草遗忘了。然而，当另一个春天来临时，我突然想回四合院看看，看看那满院美丽的花。我独自回到了四合院中，一切都和以前一样，满院子的花迎风摇动，像在和我招手，只是，只是院子的角落里不知何时又长出了一株野草，和那株一模一样，它还是傲然挺立着，时隔那么久，它已经长得有我一半高了。而这一次，我却没有怒火，有的是几分无奈。再怎么拿石头压住它，再怎么剪断它，它终究还会再长出来的，它顽强地与大自然拼搏，无论经历过多少次风吹雨打，它依旧生长着，傲然挺立着，这不就是野草的精神吗？我们是不是应该学习野草的精神？此刻，那株草仿佛已经高大了许多，它在诉说着生命！

一阵风吹来，吹得树叶沙沙作响，我久久地站在那里，凝视着这株草，凝视着……

2013 年 11 月

父亲的背影

恍然间，发现父亲的头上冒出了大量的银丝，眉间的皱纹被岁月雕刻得愈来愈深。父亲，真的老了。岁月沧桑，时间永远会夺去你最美好的回忆，那些零碎的片段仿佛在一瞬间被拼凑成了一幅成长的画卷，向你诉说着……

小时候的我，最喜欢坐在父亲的肩膀上，揪着父亲的头发，看他一脸滑稽的表情，嘴上喊着："驾驾，小马快跑。"父亲也会笨拙地学着马的样子，满头大汗地向前奔跑。依然记得，赶庙会的时候，我被人群淹没，哇哇大哭，喊着你的名字。你慌忙朝我奔来，挤出一个很难看的笑容，接着把我放到了你的肩上，我破涕为笑。依然记得，那年你的肩患有很严重的疾病，那个不懂事的我却吵闹着要你陪我玩"骑小马"的游戏，你没有一丝的犹豫，我却不知你灿烂的笑脸下隐藏着太多的痛苦，无法倾诉。

往事如洪水般浮现在眼前。记忆中，远处，一个父亲的肩上坐着一个小女孩，父亲和小女孩笑得那么灿烂，美丽的画面定格在了这一瞬间，但父亲和小女孩却越走越远，模糊了视线。

我，正在逐渐长大，父亲却逐渐老去。父亲的背影时常浮现在我眼前。那背影是如此落寞，而我拼命想追上父亲的背影，却只抓住了一团白花花的空气，随风飘散，吹开了一切的美好，泪如雨下。

也许，有些人永远无法明白，亲人如花般灿烂的笑脸下，有着多少不能揭看的伤口，刻在心灵的最深处。那些不曾珍惜的美好时光，正如父亲的背影一样，想抓也抓不住，逐渐消散在岁月的长河中。

2013 年 12 月

外婆，外婆

冬天离去了。

院子里的柳树抽出了新芽，鸟儿婉转动听的歌声与人们的欢声笑语在大街小巷中穿梭，飞扬。然而，就是在这样一个充满生机的季节里，外婆却抛下我走了。

外婆走后的那个秋天，我与母亲一起回到家乡，回到外婆生前居住过的地方。院中还存留着外婆的气息，淡淡的花香味，让人留恋。屋顶上的葡萄没人打理，在阳光的曝晒下，纷纷枯萎。紫色的汁液顺着藤蔓一滴滴掉落，在地面上绽开一朵朵鲜艳的花。

院子中央，一颗高大魁梧的柿子树笔直地站立着，只有它还像以前一样葱郁茂盛。枝上硕大的柿子高高悬起，饱满的仿佛快要挤出汁液来。我不禁咂了咂嘴。我最爱吃外婆做的柿子饼，那样甜，就像外婆的微笑一样，暖入心田。

走过一片阴凉的树影，进入外婆的房间。屋里很黑，一丝阳光透过窗幔照出一个高瘦的身影。那个孤单的背影，离我是那么近，然而，却又那么远……老人慢慢转过头来，昔日神采奕奕的双眸变得黯淡无光，眸中布满血丝。干裂的唇微张，似要诉说什么，让人鼻子一酸。外公在这半年里好似苍老了十岁，满头稀疏白发的那个人已无法再和记忆里的外公重叠。那一刻，我恨岁月的流逝，更恨命运的无情。绣着牡丹的薄被，被整齐叠好放在床上。床单是崭新的，就像从未被人用过一样，如外婆的人看起来一样，干净明亮。墙角已经有些磨损的木桌，还在原来的位置上，默默伫立。

桌上放置着一些泛黄的照片，我情不自禁地想伸出手，抚摸它们。翻开第一页，是外婆上学时照的，照片上的她不过十六岁的花样年华，她笑得很美，一对小小的酒窝是那么对称，乌黑的麻花辫搭在双肩上，散发着少女的光彩。看着一张张黑白色的照片，我的脑海里回想着一幕幕的往事。爸爸打我时外婆护在我前面的身影是那么清晰，外婆亲手为我和妈妈熬的绿豆粥好似还在冒着热气……

不知何时，一行热泪顺着脸颊滑下，滴落在最后一张彩色的照片上，慢慢地凝固，那是外婆最后一次与我在一起吃饭的照片，永远不能忘记。那是2006年一个大雪纷飞的日子，外婆就要回老家了，一家人聚在附近

的餐馆，为外婆送行。年幼的我还不懂事，哭闹吵嚷着这家餐厅的菜不好吃。父母严厉地批评了我，可外婆却温柔地哄着我，用她那布满老茧的双手紧紧包裹着我的小手，眼里满是慈爱。临走前，外婆还嘱咐我，要听父母的话，不要再任性，并且答应我，来年，一定会带来我最喜欢吃的柿子饼。谁知，命运是多么地无情，一场猝不及防的疾病就这样带走了外婆的生命。从此阴阳两隔，那个承诺已无法实现了。

思绪慢慢飘回。外婆，如今我已长大，我很听父母的话，我不再是那个任性的小孩，我会带着您的希望，一起，勇敢地走下去。

2014年5月

尘 光

那是一粒很小很小的尘埃，它静静地躺在柔软的草地上，抬起眼，就能望见湛蓝的天幕——那样的广阔、浩瀚，蓝的如同大海一样。它每天都沐浴在这样洁净的海洋里，有时它甚至觉得它不再是一粒很小很小的尘埃，它是一只拥有着洁白羽翼的海鸥，它美丽的翅膀，会带着它去所有想去的地方，自由地飞翔，没有风的约束。可是，它只是一粒尘埃，随时会被风带走，毫不经

意之间，就被抛弃在无人知晓的角落里。没有人会注意到它，也许，它真的是被神所抛弃的东西，这个世界，总会有这样平凡的存在。

只是，这粒很小的尘埃并不这样想，它认为，即使没有洁白的羽翼，也可以乘着风一起旅行吧，飞越过那片大海，卷入一片白云，那样，也是很快乐的啊；即使没有风的陪伴，也可以随着花儿沐浴在阳光下吧，金色的光芒，闪耀在身上，那样，也会很温暖啊。

这粒很小的尘埃，其实很容易满足。在幻想天上的星星何时落到它的面前的时候，它洁净晶莹的泪珠便悄悄地滑落下来。它只是一粒很小很小的尘埃，但是它心里却装满了整个世界。

2014年6月

一念花开

少年挑着水，一路晃晃悠悠。

少年登上了山顶，青色的布衣浸湿了一片。放下担子，盘膝而坐。透过渺渺云雾，能隐约看见山下的寺院。寺院朦胧得有些不真实，仿佛如镜中花，水中月。少年静静地闭上眼睛，脑海里浮现出一个黝黑的背影，他记得那个背影是父亲的，随后，出现永远忘不了的那个画面，父亲紧拉着他幼小的手，飞快地向前奔跑。他来不及看清周围的一切，来不及明白父亲为何要如此沉默地把他推入一座破旧的房屋。那墨色的双眸，映出的只是一个黝黑的背影，那样决绝地融入了一片火海之中。直到十三岁那年的一天，他忍不住恳求方丈告诉自己真相，才终于明白为何寺里的人都用一种同情的目光打量着自己。所有秘密往事，随着方丈的叹息，浮出水面，化成一只只利剑，向他射来。原来是有人背叛并出卖了他父亲，使得一家人满门抄斩，只有他，一个手无寸铁的小孩儿活了下来。父亲用他的生命为他挡下了那一把把闪着寒光的刀剑。那个真相还不如不知道为好，

可是，瞒得了一时，却瞒不了一世啊。

远方飘来一股沁人的草香，少年顿时清醒了过来。天上的一片云，红的似血，向大地投下灼人的金光。山下的寺院，清晰入眼。少年重新挑上了水，一路晃晃悠悠，心里却不如来时轻松。

回到寺院时，夕阳已经落下了山。晚风送来袭袭的凉意，少年不禁紧了紧宽大的衣袍。方丈坐在一棵老树的树荫里，慈祥地向他点了点头，少年嗫嚅着走了过去，低下头，沉默不言。少时，一碗白花花的米饭被递了过来，蓦地抬头，对上方丈宛如星辰的双眸，亮得不可让人直视。这些年，方丈对他好，他时刻记着，只是……“孩子，坐下吧，这碗饭趁热吃。”思绪被方丈温和的话语打乱。一粒粒饭送入口中，醇香刹那间蔓延开来。自从知道了那个真相之后，他便发誓要为家人报仇。

“唉……你知道当初你的父亲为何冒死送你来寺院吗？他不希望你像他一样，忠于国家，结局却仅有一死，这样的世道，不是你所能猜透的，佛门清地，适于你的平凡简单，放下了仇恨，你的心便会永远向着佛，一世廉清。”

“方丈！”少年的声音哽咽了，“我的父亲不能这样死于冤屈之下！”滚烫的泪珠顺着眼眶滑落，落在少年的手背上，像火一般地灼烧着少年的心灵。那一刻，世间安静极了。方丈的声音缓缓地传来，时间似乎也在这一刻停了下来。

“即使你杀了他，为父报了仇，可你又能安心得了么，你问问你自己，这些年你在寺院里学到了什么，你杀了那个仇人，自己今后的路会变得如何坎坷，这便是你对父亲做出的回报么，让他九泉之下，看着你一步步陷入泥潭？”

“一切的一切，都在你一念之间！”一念之间，都在我一念之间，少年终于扬起了他的头，直视着老方丈，那位阻止他犯下大错的人。星辰璀璨，把树荫下的二人照得明亮坚韧。

清晨下了一场小雨，少年挑着扁担上了山，路旁的花儿不知什么时候开了，与泥土的气味混在一起散在空中，耳畔又响起了方丈的那句话：“一切的一切，都在你一念之间。”少年笑了，一路晃晃悠悠。

2014 年 7 月

夕阳燕归

夕阳的余晖中，我看见了一只燕，盘旋在云海之上，仿佛它正在烈火中舞蹈。长长的燕尾扫开了一片浓雾，露出一道道金芒。也许是这金芒散发出的光芒灼烧了它的眼睛，也许是大城小巷中人们高亢的喧哗扰乱了它的思绪，也许是在火海中舞得忘了它自己。总之，只有它一只燕孤独地在天空中打着旋。夕阳渐渐隐下了山，徒留它一只燕，久久哀唱。它已回不去家了，这座城，这个世界，早没有可以让它落脚的地方。

很多人都认为，我是一个既忧郁又爱胡思乱想的少女，而这，不能不跟我出生的季节和地点联系在一起。那是一个溢满了草木芬芳的季节，人间最美好温暖的三月，伴随着我一声尖细的啼哭，几只燕子排成一列盘旋在窗前，于是，我被父母起名为燕云。云，可能就是燕子们的尾翼携着的一缕云烟了吧。此生此世，便注定了我与燕子的情缘。

幼时，屋檐下搬来一家燕子。只记得它们时常用尖细的小嘴轻叩爷爷的檀香窗，像极了下雨时雨点冲撞地面的吧嗒声。它们是极可爱的，不怕生人。天还未亮，小燕子的父母便外出觅食去了，傍晚时，会衔来几条粗大的青虫。

我们与它们和谐地共享一个大院，有它们的陪伴，我与家人的生活变得有趣起来。一晃三四年过去了，恍然有一天，没有听到燕子叩击窗户的声音，我停下在桌案上的奋笔疾书，抬头望向屋檐。

屋檐下，燕子的家还在，只是家的主人们离去了。心里突然涌起一种难过的情绪。不知为什么，心里空落落的，像是缺了一样很重要的东西。原来三四年的情份也抵不过终有一天的远走高飞。世人都说燕子通人性，孰知，它们弃巢而去，预先的告别也没有留下。正欲转身离去，背后突然传来一声“吧嗒”，猛地回头，见巢中正往下滚落着几只蠕动的青虫。我惊叫着退回几步，许久才明白，这是燕子们的谢礼，对我们一家的感恩。

童年闯进我生活的一群燕子，给了我很长一段时间的美好时光。而我逐渐长大了，我旧时生活过的地方已完全变了模样。昔日河岸的垂柳，一一被砍下运送到不知名的城市，已经很少能在天空中捕捉到燕子自由翱翔的身影了。工厂里升起的长长浓烟，污染过的土地

河流，到处弥漫着城市的腐朽气息……屋檐下的那拨燕子，再也没有回来，也许，它们同我的童年一起远去，飞过了天涯，越过了海角。那年我十四岁，最后一次在城市中看到燕子成群飞过，它们久久地盘旋在这座城市的上空，发出一串串的哀鸣，仿佛在为这座城市里的人悲哀。那日，我爷爷也突然病倒了，我依然清清楚楚地记得爷爷望着那群燕的目光，有哀伤有惋惜，还有一丝释然。爷爷深陷的老眼里，缓缓流下一滴浑浊的泪水，

他的眼紧紧地闭上了。望眼血漫过的夕阳，原来时空已变了模样。

燕子终于离开了，这座城市却仍旧热闹：大城小巷大人们的喧哗声，小孩们游戏时的欢笑声……而我却变得忧郁起来。我明白，这座没有了燕子的城，是一座空虚的废城。没有了燕子所带来的祈祷，这只能是一座毫无幸福欢乐的城。

于是，在我十六岁那年，我背着大大小小的行囊，离开了这个让我伤心的地方，踏上开往另一座城市的火车，去寻找我家乡的燕子们。

母亲把我送往车站，一路上唠唠叨叨，我能感受到她深深的不舍与期望。还是到了分别的那一刻，母亲追赶着我坐的那节车厢，冲我使劲地挥着手。最后，她的身影与光影重叠在了一起，变得模糊不清。我听到她的声音远远地传来，“不要像燕子一样，一去不返啊。”我禁不住低声啜泣起来，这真是一座令人伤心的城啊。

我在茫茫人海中焦急寻找着，几年来却徒劳无获。

直到那一天，无意中我推开了一扇古旧的木门，走进了一座充满着绿色的农家小院。这里住的人，一定是既简单而又平凡的，但他们一定过着很幸福的生活。突然，我听到了一声久违的鸟啼，蓦然回首，一只燕子正在我身后的屋檐上梳洗着自己的羽毛。我激动地想上前靠近，向它道出我日日夜夜的思念与痛苦，燕子却漠然地打量着我。那一刻，心中百般滋味，这不领情的燕子啊。正欲上前好好责问一番，却被人拉住了袖角。缓缓转身，一位坐着轮椅的老者正温和地看着我，冲我微笑。

“每只生灵都有属于自己的生活，我们就不要打扰到它们了，好吗？”

我怔怔地凝视着他。

他，像极了我去世的爷爷啊，我默默地退了出去，关上了那扇门，门里传出燕子欢快愉悦的啼叫。

“再见了，燕子们”，心中有一个声音响了起来。我终于明白，世间万物都有自己向往的生活，不要打扰了它们的生活，来来去去是它们的自由，但万物都有感情，不会无缘无故地离去，不过，要相信，它们总有一天会回来的。

我毅然重新回到了家乡，工厂冒出的一缕缕浓烟正逐渐减少，那年的冬天下了一场覆盖世界的雪，一场下在心中的雪。一个小小的种子在心中发芽，心中有了一个坚定的信念，明年开春，燕子一定会回来。这里，会重新成为属于它们的家。

后来，每当我坐在书桌前，便会时不时地抬头一看，看看是否有燕子在屋檐下筑起新巢。突然，有一天的黄昏，我听到了什么东西叩击窗户的嗒嗒声，我抬头一看，不禁露出了像太阳一样温暖的笑容。

是的，它们回来了。一缕烟云系在尾后，像一座长长的云桥，架在我与燕子的心上。

2014 年 8 月

树

古树把他深灰色的影子刻在了那面斑驳的墙上，在阳光的照射下，那面墙瞬间被笼罩在一片巨大的阴影里。一阵风吹过，带走了树叶沙拉拉的低喃絮语。风在途经那面墙时，墙上的树影猛地开始晃动起来，就好像平静的河面上突然泛起了涟漪，墙清楚地听到了自己微弱的叹息，那片晃动着的树影，已缓缓流过了千年的时光。树很久很久以前便活在了这个世界上，他见证着一代又一代人从孩童变为年迈老者，直至某一天，像风一样忽然消逝，他们的离去，只是在人们的脑海里抹去了他们的名字。即使这样，时间却从未停止过他的脚步。

树忘不了那些曾经活在他生命中的每一个人，也只能记得了吧。他记得那个总是在树荫里跳舞的小女孩，鲜红的衣裙在阳光下飞快地旋转着，仿佛带走了天地间的颜色。树觉得女孩在跳舞时是最快乐的。这时，树会轻轻洒下他翠色的叶子，让它们落在女孩的发丝、衣襟上。女孩捡起叶子，露出两个可爱的酒窝。

天边的白云悠悠地飘走了，树身上的叶子慢慢变黄了。这可能就是人们所说的秋天了吧。树心里很高兴，这样，在女孩跳舞时便可以撒下更多的叶子了。可是，当树攒满了一身火红的叶子时，女孩却消失了。这个秋天，没有了女孩的陪伴，真的……很寂寞啊。树看着自己一身鲜艳的红叶，他突然想到，也许是自己带走了女孩的颜色。女孩消失后的那个冬天，树身上的颜色褪尽了，只留下没有生机的棕树皮，不过，当冬天的第一场雪降临时，树披上了一件干净的雪袄。落雪时，来了一个中年男人，他走路摇摇晃晃的，手里提着一个酒壶。“树啊……我跟你说……这个秋天，我的女儿走了……她……生前最喜欢的就是跳舞了，她……经常来这儿对吧……树……如果你想起她了……求你……帮帮我……让我……再看看她的……模样。”树觉得自己好冷好冷，那个跳舞的女孩已经不在了么，树看着树下那个已经痛哭得不成样子的男人，心里就更难受了。

雪花在空中漫天飞舞着，模糊了树的视线，树使出了全身的力量，使雪凝聚在一起，化成了那个女孩的模样。树听到中年男子惊喜地呼喊：“阿红，阿红，是你么？不要抛弃你的父母……”原来那个女孩叫阿红，红色是世间最美的颜色。树把他记忆中的红色送与了女孩

的父亲，而他，却再也看不见红色了，看不见最美丽的红色了。树清楚地听到了自己微弱的叹息声。

树在下一个春天苏醒了过来，他的树荫里从此多了许多新的面孔，印象最深的是那位身穿青色长衫的老者。树想，这位老者年纪应该与自己差不多大吧，老者的鬓已雪白，只是他每天的精神却格外的好。连树自己都不得不佩服这个有活力的老人呢，树不知道围绕在老者身边的那些人是做什么的，他只知道那位老者每天都在讲故事。树虽然听不太懂，但他从周围那些人的脸上，分明看到好奇快乐的神情。日复一日，树几乎能听懂他在讲什么了，他还了解到这位老者是说书人，讲的都是民间那些富有传奇色彩的故事，树很爱听老者绘声绘色地讲故事，树觉得，老者是那么地了不起呢。

有一次，树听到了老者在说一个小女孩与一棵树的故事，树的心疼了一下，那棵树，不正是自己么？老人说这棵树很有灵性呢，为女孩的父亲完成了他的愿望。有的人听到这段时，不禁落下了眼泪。树又想着，老者永远也不知道，他身后的这棵树，便是故事里的那棵树，只不过旁人再怎么也不会懂，女孩与树的那段珍贵的时光。树早已料到这一刻会再次来临，不过这次树是眼睁睁地看着老者讲到精彩处突然倒下，周围的那些人，一拥而上，之后，树便再也没有见过那个老人了。

树逐渐懂得，老者跟阿红一样，永远不会再回来了。树忘不了老者动听的故事，树便与风做了交易，树对风说：“每次只要你途经我身旁，你就可以带走我的声音。不过你走后，要把声音还给我。”风答应了树，把老人的故事刻在对面的墙上，这样树一睁眼，便能看到老人的故事了。

树在这场漫长的生命旅途中，继续遇见各种各样的人，他一天天地成长起来，同时，却也一次又一次地付出了太多。对面那精美的新墙已完全变了模样，残旧不堪，就像树的外表一样，经历了无数次人世风霜。如今，树很难再遇见其他人了，没有人还会喜欢这丑陋的老树，树只能回想着往昔的种种。近年来，树的记忆变差了许多，突然有一天，他看见了树根旁长出一朵红色的花，树不知为何他能看见红色了，他的心情异常兴奋，只是，他再也想不起来，为何之前看不见红色。

树孤独地又活了几个春夏秋冬，他看不见人类的脸上发自内心的笑容，再也不会有人问候他一句，再也没有人……

树的思绪渐渐收回，他重新读了一遍墙上的故事，那一刻，他的眼泪涌了出来，从树身渗出，落到地面上，成了一滴滴深黄色的圆珠。树既悲伤而又欣喜，他想起了那个女孩，那位说书的老者。只是在以后的日子里又有谁来陪伴呢，树心里暗暗想着。一阵风吹过，带走了树心中的话语，慢慢地……飘向远方。

2014年9月

我期待春天的声音

冬天的雪还没褪尽，世界还依旧在寒冷中沉睡着。天地间的一切，都是那么寂静，了无生机。

我渴望听到春天的声音！那动人婉转的鸟啼，我深情地呼唤着你。可是，树枝上静悄悄的，只有我的声音从遥远的地方传来，久久地回荡在心里。我期待春天缓

缓地向我走来，唤醒这沉寂的一切，让这美妙的声音，充满整个世界。

我穿过白茫茫的树林，沿途路过一条结冰的小河。河面晶莹剔透，可是却听不到鱼儿翻腾起朵朵浪花的声音。鱼儿都躲去了哪里？它们是否被困在冬天的魔掌里了？啊，我渴望听到它们的声音，渴望听到在河岸嬉戏的孩童们的欢声笑语。春天的脚步，是否正朝我缓缓靠近，用它温暖的光辉，融化冬天冰冷的心灵。

我越过了田野，寻找昔日花中的精灵。可是，我听不到它们随风摇曳发出的悄声细语，听不到它们发出的银铃般的笑声。昔日姹紫嫣红的花儿，怎不见它鲜艳的衣装，怎不见它对着太阳扬起的笑脸，怎听不到它摇曳在风中所唱响的歌谣？在这片空旷的田野上，久久回荡着我呼唤它们的声音，随后又被寒冷的风雪所吞噬。

漫步在大街小巷中，我孤独地紧了紧衣裳，我渴望听到小贩们的吆喝声，游走在家家户户的门窗外。可是，如今，他们都去了哪里？是否在大地的一角凝望着窗外的世界，盼望着冰雪融化？他们是否静静地不发出

一丝声响，心中压抑着对春天的渴望？是啊，待到春天叩响门窗，那豪气万丈的吆喝声，便又会回荡在一条条的长街上。我默默地走过长街，去寻找春天的足迹。

太阳在薄雾中隐隐约约地浮现，几丝金光闪耀在大地。啊！这是否是春天的预示，是否是要驱走这寒冷的严冬？我欣喜地张开双手，去拥抱春天的身影。

我似乎听到了雪化的声音，听到了遥远的春天的脚步声。也似乎听到了，听到了万物苏醒的声音。就这样，在漫长的等待中，在人们的期盼中，春天的声音将要唤醒这沉睡的大地。

2015 年 1 月

缝　隙

避雨的人群被乌云笼罩在烟雾里，我在喧嚣的人海里闭上眼，等待落雨奏出轻脆的曲调。这时，耳边突然响起了一个稚嫩的童声：“这个世界为什么会下雨呢?”我睁开眼，迎上一双清澈的眸子，这是一个被母亲抱着的女孩。她的母亲抱歉地冲我笑了笑，却无法回答她的女儿。我恍然间想起了一个尘封在记忆中的古老故事，我伸出双手，顷刻间触到了冰凉的雨滴。我对着女孩说道：“因为啊，雨是天思念地落下的眼泪……”

在万物还未诞生的时候，天与地是紧紧相连的一片，他们不曾分开，久久地在宇宙中沉睡着。然而不知何时，天与地之间裂开了一条缝隙，一粒种子从地里钻出，它撑出了一条浅浅的缝隙。于是，天和地同时醒来，他们的苏醒，也许会改变整个宇宙运行的轨迹。“你是谁？为什么会出现在这里?”天问道。“我只是一粒种子，我花费了千年的时间向上生长，现在终于脱离了深埋在地下的痛苦。我只是想到地上来看一看。”天这才发现自己与地之间的那条缝隙，天没有在意那条缝

隙，相反，他很在意种子的那番话。其实天也很想到更远的地方看看，可是，天不能与地分开。天知道地一直很害怕孤单，天与地是很好的兄弟。

地同样发现了缝隙，地很害怕，因为以后还会有更多的种子从他身体里涌出，然后撑开更多的缝隙，最终使天与自己分离。“你必须填补我们之间的缝隙！”地向种子发出了严重的警告。种子无奈地摇了摇头说：“对不起，我无法填补这条缝隙，我只能继续向上生长直至某一天你们完全分离。那么，天可以去完成自己的旅

行，地也不会孤独，因为会有更多的种子陪伴他的。”

“你知道我想远行？”

“你知道我渴望朋友？”

天与地异口同声地问道。种子笑了：“因为我就是从你们心底孕育而生的啊，可以说，我就是你们的心中所想。”于是种子继续努力地生长，更多的缝隙出现在天地的身上。不知过了多久，天与地终于分开了，他们成为了新的个体。天继续向高处运动，最后彻底成为了宇宙的最高点。而地认识了各种各样的朋友，他们都很幸福。但是他们也时常思念对方，于是，天流下了思念的泪水，漂泊而来的白云把这思念的泪水带给了大地。

“原来雨是天思念地的泪水啊，真的好感人。”那个母亲感慨道。女孩却说：“应该感谢种子制造出来的缝隙。”她的母亲疑惑不解地看着我们，我与女孩相视一笑。因为种子是梦想的萌芽，不要畏惧心中的那条缝隙，有时缝隙是不一定要弥补的，透过越来越多的缝隙，我们才能更好地看清什么是自己心中真正想要的。

2015年2月

在读书中成长

清晨，我在露水的凝视里翻开了墨香依旧的你。夹杂着雨丝，清凉的风从远方飘来，一路抚过你泛黄的模样，带走一缕芬芳，却留下我们最温暖的时光……

初次遇见你，我还是个咿呀学语的小儿。我只记得，你静静地躺在母亲的手里，吸引着我全部的目光。我记得你精美的妆容，色彩鲜艳的衣裳。你化为一个个美丽动人的童话，自母亲口中飞出，萦绕在我的梦乡。你好似比任何一首乐曲都动听，比任何一个玩具都柔软，有时也比任何东西都坚强。你，是无形的力量，你悄悄地化为一枚钥匙，打开了我思想的大门。

转眼我已蹒跚地背起了书包，红领巾高高地飘扬在胸前。你成为了我课堂上最美的风景，你带我飞跃旷野，像鹰一样展翅在蓝天；你带我翻越群山，领略世界的精彩。你使我对陌生的事物有了了解，使我愿意用眼睛去寻找身边的每份感动。我记得你是个伟大的魔术师，你可以是小王子爱上的那朵玫瑰，可以是绿山墙的安妮；你又摇身一变，变成了潇洒的侦探福尔摩斯，变

成了西游记里斩妖除魔的齐天大圣。你给予我童年数不尽的快乐，所以，你是我最真诚的朋友，但亦是我生命中的严师，使我拥有敏锐的思维，明辨是非。

摘下戴了六年的红领巾，我暂且放下童年无忧的时光，你为我架上了博学的眼镜，冲进宇宙中最令人着迷的地方。你变得更加高明，更加深沉，你推涌着我走向未来，却又时时送我回到历史的过去。站在高山之巅，我想象着你我一路的风雨，于是，我庄严地立下誓言："会当凌绝顶，一览众山小。"面朝大海，春暖花开。你

葡萄牙的高山
THE HIGH MOUNTAINS

送予我大海的胸襟，却要我破除重重困难去迎接春暖花开。在与你相伴的日子里，我的思想又得到进一步的升华。你教会我的远不止知识那么简单。我在红楼里寻寻觅觅，体验一个王朝由盛到衰的起起伏伏；我在水浒中与各位梁山好汉一起品味着他们内心的沧桑，感慨官府的黑暗。游离于历史之外，我仿佛看见遥远的外星人在朝我招手，你说，他们都是科幻。原来，你也有未知事物，那么，便由我，尽力去探索发现。

数年的成长，在你日夜的熏陶下蜕变得耀眼夺目。但是，我认为这还不够，我想要你永远陪伴在我生命的长河里，继续带领我走过人世的万水千山，迈向未知的道路。

2015 年 5 月

生活里的诗词韵味

雨淅淅沥沥地下着，我坐在古色古香的校园中吸取着古典诗词浓郁的韵味。在老师绘声绘色的讲解下，我终于又一次地感悟到了生活，体味到了生命的滋味。

对酒当歌，人生几何？人生是值得珍惜的，因为它是有限的。但在有限的生命里我们却要活出长久的精彩。在这翩然的时刻里，既要在平淡的生活里感受到自然之美，也不忘专心修炼自身，使精神得到升华。所

以，我要尽情地学习、阅读、感受，日复一日，长久坚持下来，一定能收获洗涤心灵的净水。

也许不久的将来，我便会随着人们一同踏入这奇妙的社会中。在社会里的生活，时而风平浪静，时而波涛汹涌，我是要做“举世皆浊，唯我独清”这样的人，还是随机应变，善于灵活抓住机会的精明之人呢？这两种态度固然是社会的核心，但从古老的诗词中便能发现，是我们的祖先早已拥有的释然之感了吧。连伟大的张九龄张丞相都曾说过，“草木有本心，何求美人折”。

回归现实，我们是一个中学生。我不懂风花雪月，“此情可待追忆时，只是当时已惘然”的那种感受，但于我而言，生活必离不开古诗词中淡淡的乡愁。

人生是要经历多次离别的，放眼宇宙，没有什么是永恒的。于是古人用他们神奇的智慧写下了不朽的诗句：“离别家乡岁月多，近来人事半消磨。”有朝一日，待我重返故乡时，一旦踏上故土，心中也会油然而生一股莫名的茫然吧。

不过，生活还是平淡而真实的好。即使我成为不了一个伟人流传千古，做一个快乐的普通人也是极好的。

在月下吟一首诗词，在生活中寻找更深一层的感受，岂不能丰富我的生活，完美我的人生。

2015 年 6 月

读城记

读一本书，可以使人胸怀宽广，目光远大。而读一座城，亦可细细品读，领略千年岁月所磨砺的沧桑与风采，感受人们与生活的真善美。

驻足于水墨色勾勒的古城前，仰望远方的山巅。浮云半掩，日光微斜，仿佛给这座古老的城披上了一件迷离的纱衣。不忍打破这转瞬即逝的宁静，我静静地闭上眼，沉醉在西安这座城若有若无的呼吸间。十六朝古都

啊，我抚摸着城墙上纵横交织着的沟壑，深深感叹着。两千多年前秦王朝曾经驻留在这里，金戈铁马征战沙场的众将们为他们至高的王者守护着一方疆土，并向苍天发出新一轮的挑战。一页页古城的历史在我眼前徐徐展开，领我走进永垂不朽的西安古城……

浓眉大眼，手紧握拳放置胸前的秦俑栩栩如生屹立在面前，我仿佛听到了他们的诉说，看到了西安汉子们粗犷而又真挚地大口喝酒，共同许下彼此互为兄弟的誓言。也许如今一切都化为浮土，可我仍然在这里看到他们的身影。街上黝黑的商贩爽朗地对游人笑着，高举手中澄澈的米酒；淳朴的乡汉忠实地在田野上耕作着，用水灌溉着一条条生命……一切好像又从未改变。告别兵马俑，我开始了下一个征程。

钟楼的钟又被敲响了，声音苍远悠长。我在袅袅升起的香烟中许下愿望，眼前高耸的佛像笑而不语。我看不透他，却在用心感受着，读着他留下的古城的记忆。转眼已是唐朝了么？我看见玄奘孤身一人奔走西域，为世人带来无价的经文。而我从身旁手执佛珠的僧人脸上看到了他们的安详，他们的身影重叠在一起，跨越千年的岁月……

继续旅行，发现了一座城的前世今生，读懂一座城的故事。我相信还有许多是我未曾发现的美好仍旧在原地等待，而我终会一直去寻找，去读懂它或喜或悲的故事。我惊奇地发现历史从未改变，过去的与现在的仿佛是同样的令人震憾。我在最后蓦然回首，领悟的读懂的却是：历史的风云变幻却无法改变生活在这里的人们真诚善良的心。

2015 年 9 月

时光尽处的繁华

时光的流逝，掩埋了千年的繁华。我站在此岸，遥望历史的滚滚红尘。当年琵琶声声入脉，战场上横刀一笑江山，如今只留烟云半掩孤城一座，纵是人海依旧也不复一朝风月。秋风吹皱一池碧水，满天尘埃如繁星点点，点缀着英雄离去的光影。

呜咽着的羌笛似乎还在诉说着什么，我的心却早已被这凄凉的景色所颤动。我编织不了一场华胥梦境，去寻找昔日的无尽繁华。而在时光的这头，我犹如一粒卷入海潮中的沙，拼命挣扎着回到往昔，因为我相信我与历史的某一刻有种莫名的缘，仿佛我就是处身其中的一个过客。也许不是史书记载拱手名满天下的王侯贵胄，那便是一位辛勤耕作暮落而归的隐者。这也许就是冥冥之中命运的羁绊，是我的前世，曾亲历过盛世风华。

记忆封存在史书翻过的那一页，我见证了秦王朝的世界。嬴政在昏黄的烛灯下踱步，黑夜似一只虎视眈眈的兽，匍匐在他的脚边。歌舞已落幕，我却在这背后望见了他的辉煌与孤独。雄心壮志与野心抱负在这一刻

都变得虚无缥缈，我所见到的只是一个普通的人，没有重重珠帘下冷峻的审视，也没有站在高山仰天长笑的霸气。透过他被勾勒出的消瘦的身影，我所懂得的只是他一个人的时光。他嘴角微微勾起，褪去了平日里强装欢颜的面具，成为一个真正有血有肉的人。是沉迷在努力追求的梦想中，抑或是想起了儿时的某事，又或许这都不重要，人们已经记住了他给予世人的繁华，他可以安详谢幕。然而，这样被他一手操控的世界便是真正的繁华么？不过千百年后的一撮黄土罢了。而征战沙场的无数掩埋在地下的铮铮铁骨又有谁来铭记？我望见的繁华，是他在历史中留给自己的一抹微笑，这胜过黄金宝藏，是时光尽处的繁华。

这是他的足迹，每个人的生命中都会有一抹为自己真心而活的足迹吧。时光尽处的浮华，于我而言已不是物质所能构建的。当跨越千年的岁月蓦然回首，我才发现功名利禄、宏图霸业都不过是一捧沧桑的浮土。我见到那踱步的嬴政，留给我一瞬永恒的繁华。

笑着转过身去，放下紧缩的眉头，我的世界重新填满色彩，却把重担都推给了历史的长流。

如今我又留下了什么呢，也许是时光尽头的繁华吧。过去的歌舞升平、戎马倥偬不过是一个致命的诱惑而已。当我拆穿了那表面的繁华，在时光尽头终于发现了人们心底深处的一丝情感。

2015年10月

爱的天空

晶莹的雪花绽开在天幕里，四散开来，宛如一场凄美的舞蹈，直到世界的终结也永不落幕。

多少年后世人回想着似梦非梦的场景，不禁怀念起发生在他们生命中微小却又充满着幸福的往昔。

天上人间是两个不同的世界，而人间里的生灵消亡之际，便会来到天堂。但天上的一切永远都不会消亡，这便是永恒的境界。

自樱荷还是一朵天堂雪时，她便深深铭记着这句话，“对于天上的生灵，我们所能做的，不过就是安然地住在温暖的天堂里。你们其中最幸运的一朵花，某一天便会被做成国王的皇冠。”这是一朵不知道在天堂里已经漫长等待了多少个日月星辰的天堂雪告诉她的。作为天堂中最美的花，这是每朵天堂雪义不容辞的光荣使命。

可是，远方的地平线的金光璀璨在无数次日升日落中变得模糊。当其他天堂雪都丧失了希望时，她仍旧用期待的眼神望向周围来来往往的行人，成为国王头上

的皇冠是她心中的整个天空。虽然她并不知道国王的模样，但是从那朵经过漫长等待的天堂雪的描述中，樱荷充分地感受到了她热切的向往，并幻想着这神圣的光明有朝一日也将笼罩在她头上，国王眯着眼笑着伸出双手将她轻轻摘下。

然而这终究只是一场场梦与失落。直到那一天的来临，樱荷的一生彻底改变了。樱荷欢喜地摇曳着洁白的花冠，望着她面前的一个人类小孩。她有着红彤彤的脸庞，深蓝色的眼睛，宛如湛蓝色的天幕。

“你是我见过最漂亮的花。”小女孩的声音干净清脆。

“谢谢，你是国王派来的使者吗？”樱荷激动地问道。

“国王的使者？不，我只是个平凡的小孩，很抱歉，我不记得什么国王。我只记得我生了一场病，母亲让我乖乖睡一觉，而我醒后便到达了这里。”

女孩看不到樱荷略带失望的眼神，但她感到面前的这朵花停止了摇曳，陷入一阵沉默中。

有风吹过，女孩金黄色的裙摆拂过了樱荷的花冠，令樱荷感到如阳光般的炫目。

樱荷在一瞬间觉得人间的事物也是如此可爱，她突然想知道人间的模样。

“人间是个什么地方？那里是否也有国王？”樱荷急切地问道。

女孩轻轻笑了：“跟这里差不多吧，有树有花有草，有一年四季的风，还有漂亮的洋娃娃，每天穿梭在街上跟我一样的小学生。只不过，你说的国王是指什么呢？”

樱荷一阵迷茫，在她的这片天空里，万物没有这

样丰富多彩，有的只是东升西落的太阳和孤独寂寞的繁星，还有就是那年复一年的梦想。其他的洋娃娃和学生是什么呢？樱荷对这些感到疑惑而又新奇。对她来说，她并不十分明确国王的概念，也许她也只是从那些天堂雪口中推断出关于国王的样子吧。

“国王就是……嗯……能把我制成最精美的王冠的人，能让我在永恒的境界中成为永恒的人。”樱荷不知道自己说了些什么，但她看见小女孩的嘴角又向上笑了笑。“你不仅是我见过最漂亮的花，也是最有意思的花。”

听到女孩由衷的赞美，樱荷心中一动，不由自主地摇曳起来。

“也许人间没有你说的国王，但是人间有的人也能使你成为永恒。就像我的父母、同学一样。他们爱我，关心我，把我放在心底的最深处，我就好像他们心目中精美的王冠。”

女孩的话令樱荷思考了很久，在那一刻，她竟想不起有人可以成为她的国王。也许是角落那朵孤独等待的天堂雪？又或者，爱是什么，从女孩说话时生动的笑里可以看出，也许，爱便会让人开心、快乐。

“我真的好想到你的世界去看看啊。在我的世界里，只有成为国王的皇冠才是支持我活下去的最大的念想，而我忽略了周围一切美好的事物，例如你所说的爱与身边的国王。”

樱荷逐渐感到这个女孩的话是多么有意义，令她在顷刻间醒悟，也许是该有些改变了。

女孩摸了摸樱荷的衣冠，点了点头，说：“你是我在天堂里第一个遇见的令我爱的事物，我也希望你能开心快乐。你给了我快乐，让我减少对家人的思念，现在我要继续走了，我会回来看你的。”说完，女孩朝她挥了挥手，在夕阳的余晖中淡出了身影。

就在樱荷正沉迷于女孩的话时，她听到了等待很久的天堂雪的惊呼声。她惊奇地发现自己的周身散发着晶莹夺目的光泽，就好像是真正的国王的皇冠。

她从云端向下坠落，她听到了来自遥远的天堂里的生灵为她送来的祝福声。

她意识到自己终于成为了一个真正的生命，富有思想，有爱与被爱责任的生命。

这也许就是国王的皇冠的含义。

樱荷的世界里不再只有自己那片狭隘的天空，她承载的是爱的天空。

2015年11月

时光的记号

人生天地间，如白驹过隙，亦不过是光年流转，昙花一现。然而每一瞬的记忆都蕴藏在无形的时光里，犹如雕刻在灵魂深处的记号，浸染着生命的滋味。

寒冬已逝，门前原本荒芜的景色顷刻间充满了生机。抚摸着老树沟壑遍布的身躯，它的枝干冒出了点点翠绿，仿佛是画家不小心洒下鲜嫩的水墨，点亮了行人暗淡的眼。而一旁也有被昨夜风雨打折了的枯树，在灰色织起的梦境中沉沉睡去，让阳光照耀在它最后的年轮里，一圈又一圈颓丧地呻吟着，一阵风吹过，掩盖住了它安详凝望绿芽的目光。这是生命的又一次轮回，时光赐予了它珍贵的礼物，使它度过无数春夏秋冬。曾经的开花结果已化为年轮美丽的花纹，验证着时光的记号。时光潜然记录着一切，不仅仅在自然中……

翻开旧日的相簿，伊人红妆，巧笑嫣然。母亲弯着腰嗅着牡丹的馨香。并不见万紫千红点缀，却能在黑白中寻觅到母亲年轻的气息。何人无形之手，来拨动母亲乌黑的发弦。猛然间她发如雪，茫茫无边。这是时光

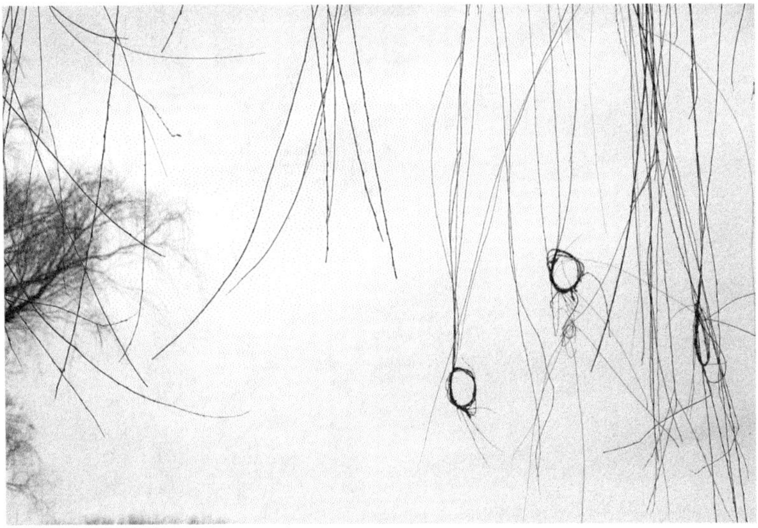

的记号啊，它撕裂了世界伪装的披衣，把真相呈现在眼前。而有时，我又会感谢这时光的记号，因为它提醒每个人轮回的规律，铭记着每个人生命的点点滴滴。

我也随着周围的事物改变，时光的记号从不会抛弃每个生灵。第一次欣喜地把红领巾戴在胸前，从父母手中接过象征荣誉的奖状；记得糖葫芦酸甜的味道，雨水与泪水混杂的狼狈。从不谙世事的小孩逐渐成长为坚强的大人，这又何尝不是时光记号的弥足珍贵？正因为我们拥有着无形的力量，才可以在岁月的翩跹中领略世界的无穷秘密。从门前的一棵草到无边的流云，无一不是

生命轮回中的时光记号。

所有生活中的悲伤与欢乐，都是旅途中必须经受的风雨。而一路走来，蓦然回首时才会收获更加璀璨的时光记号。当我们像门前大树一样枯萎或像父母一样老去时，才能拥有他们在平和中得到的满足，品味时光的记号浸染生命的滋味。

2015 年 12 月

这一幕，如此感人

人生像一场场舞剧，每个人都在舞台上匆匆而过。蓦然回首，涌现在脑海里最深刻的记忆也唯有那最动人的一幕，无数次感动着心灵的世界。

西藏的天仿佛是用圣水浸染过的柔软绸缎，而飘在天上的祥云如白马在奔腾，留给世人无尽的赞叹。当我踏上这芬芳的泥土时，我感到人间仙境不过如此。然而，这并不是最深的感动，因为风景在变，不变的是藏

民一颗颗虔诚的心。

我与父亲走在拉萨的街头，布达拉宫巍峨的身影近在眼前。我的心情激动万分，终于可以亲眼看到辉煌的佛像与宫殿了！我向着心中神圣的殿堂冲去，然而，我突然听到了身边响起的坚硬的木梆撞击声，一下子把我从美梦中拍醒。

我转身去看到底是谁打破了这宁静的清晨，这一眼，便把我定在原地。那是个老妇人，长发中夹杂着隐隐闪现的银丝。我看不清她的面容，因为她俯在地上，双手高举在额前，朝着远方跪拜。我吃惊地看着她手上的木梆——随着岁月的推移染上了暗淡却深邃的汗水颜色。她缓缓站起，向前迈出坚定的一步，这时，她抬起头，我看到了她充满泪水的眼睛。她望着布达拉宫的方向，再次深深地伏下身去，长发披散，遮住了她皱纹遍布的风霜面容。

又是一声重重的木梆撞击地面的声音，好像那木梆是撞在我的心上，让我的眼泪因疼痛而流出来。父亲不知何时站在了我的身边，说道："拉萨有很多这样的人，他们日复一日进行着不变的朝圣。""他们的亲人朋友该多庆幸有人为自己祈福啊。"我说道，心中觉得这样的人不仅仅只为自己。然而，父亲低缓而又深沉的声音再一次响起："不，他们是为了天下苍生，为了世界和平安宁。"我用蒙着水雾的眼睛望向天边，仿佛看到了神佛在朝我微笑。这一幕，如此感人。他们无私的心与虔诚的信仰深深地打动着我，我终于见到了这人间最美丽的风景！

我至今铭记着她的目光，仿佛洞穿了万水千山，漫过无尽的远方，传递给世界各个角落每一个平凡人。我相信这感人的一幕便是人间的大爱，亘古不变。

2016 年 1 月

一九八四年的春天竟与我有关

料峭的寒风呜咽，隐约间挟来一股萧瑟的雨的气息。

“终于又熬过了一年”，平在泛黄的纸上写道。她抬头望了望窗外的天，恍然间觉得它蓝得那么深邃，风都把云吹走了，不留一丝痕迹。平在结尾补上了最后一句话。她无法想起有什么事能值得她铭记的了。这偏僻的山村，四面环山，仿佛一个安然酣睡在母亲怀里的婴儿，即使再惊天动地的事也唤醒不了一个孩子的美梦。

然而，平的父母，祖父祖母，祖祖辈辈都生活在这里，仿佛过着陶渊明般世外桃源的生活。平在多年后了解到了这位诗人，即使她明白这生活并不是桃源，只是与世隔绝的另一个“国度”，男耕女织，却无法拼织出一张充满笑脸的图片。

这是一九八四年的春天，平十四岁，就读于肖旗乡中学，这座全校不足八十人的学校，有还在一笔一画认真摹写拼音的娃娃，也有边下地干活边上学的高瘦的青年。这里云集了平家几乎所有的亲戚的孩子。

彼此的面容也是那么相像，黑中泛红，唯有一双双夜晚星辰般的眼睛与众不同，有的只是一潭承载亘古不变的死水，另一种却能折射出太阳的光亮。

平的眼睛就是那另一种其中的一双。

学校每周换一次座位，而那几把残损的泥凳子也需要人人轮着坐。教室并没有一扇完整的窗户，平喜欢看糊在残破窗户上的报纸，上面印有黑色的文字和图画。平以前不明白那画上的人为何永远都是笑着的，她记忆中只有母亲每日愁苦的脸与那忧郁的眼睛，以及家中弟弟妹妹略带茫然的目光。

后来，平逐渐明白自己的世界与那些人生活的世界是不同的，就好比自己在清澈的湖水中能望见自己的倒影，而伸手却永远无法触碰，自己的命运与这村子中人的命运又有什么不同呢？男子长大可以为家耕田种地，用自己的汗水换来微薄的收入，而如自己一般平凡的女子正应了村子里那句谚语，嫁出去的女儿如泼出去的水。当平看着村中出嫁的新娘，她们都在一阵重复奏响的鼓声中被抬上轿，向山那边远远地行去。平无法看到红盖头下隐藏的泪水，她只是明白再也看不到这些女子回来的身影了。

山那边又有什么呢？每年当春天万物生长时，平总是会思考着这样一个永远不会有答案的问题。没有人希望走出去，因为他们的世界太小，承载不了他人浑浊的目光，而另一个世界太大了，人们走出去就像投入群山中的一次回声，也就那么响着响着就散了。

可是，平自己已经十四岁了，她学习是那么刻苦，她的心中不断有一个声音在催促着她，上路吧，翻过山的那边，那边不再有刺骨的寒风，也不会有久久徘徊在土地里的寒冷。

这是一九八四年的春天，平第一次在心里坚定了理想，她要走出去，到外面看看，她不想重复着祖辈们的命运，她也不想永远生活在这一片狭小的天空里了。

平低头望了望她冻得紫红的手指，无声地啜泣起来。这是一九八四年的春天，平，也就是我的母亲，走上了改变了她一生的道路。

平最终走了出去，也像那些报纸上的人一样露出了笑容。而她村子里的其他人仍然生活在另一个连她自己都已陌生的世界里。她的弟弟妹妹长大成人，或娶妻生子，或远嫁他乡，没有一个人再像她一样翻越那道其实并不高大的山。

平有时想想，这或许对她来说也是一种命运的安排吧，每个人都有自己想追求的东西。

“你看，窗外的雪开始落了。”母亲的声音缓慢而又低沉，仿佛一个绵长的梦。而此时，我凝视着她眼角堆起的深深皱纹。

那是经过岁月拼搏所磨砺出的痕迹。我追随着母亲的目光，透过玻璃窗，望见了漫天飞舞的雪花，好像我的面前展开了一条曲折的路，这路上有个女孩背对着我在朝前走，愈来愈远。

这是时隔三十年后的春天，此时下了初春的第一场雪，这场雪把我和母亲的生命紧紧地连在了一起，屋内温暖如春，闭上眼睛仿佛能听到暖气里汩汩的水流声。我与母亲紧紧拥在一起，她逝去年华的回忆此刻如潮水般向我涌来。

一九八四年的春天竟与我有关，也许我并不能亲眼见到平的春天，可是那遥远的日子注定要再次回来。我的春天，又在哪里？

2016年2月

一次神奇的旅行

我曾坚信，人类是宇宙中唯一拥有智慧和思想的种族。然而，当我无意中落入丛林中那神秘的黑洞，进入未知世界时，一切在冥冥中改变。

坠落……我却不如爱丽丝那样幸运地落入美妙的童话世界。我感到耳膜隐隐刺痛着，周围的温度时高时低，自己仿佛被一股强大的吸力所包裹。终于，我不再

下落。我睁开眼，发现自己悬浮在空中，我竟一眼望到了头顶上空蔚蓝色的地球。惊恐蔓延在心中，我望向四周，竟发现数座城堡式的建筑以及停放在周边的金属飞船，泛着银光。紧接着我听到了脚步声纷沓而至，我猛地被摔到了地上，一座密闭的巨大的红外线笼子把我罩在其中。透过网格的空隙我瞥见了一个眼睛是红色的人类！哦，这也许并不是人类，我的心提到了嗓子眼。他小心翼翼地递给我一枚类似耳麦的仪器，示意我戴上。“你已经被我们控制了，地球人。”他冰冷机械的声音骤然响起。“可是，你们抓我来又有什么用？我只是误掉入黑洞来到这里的平凡人。”我为自己解释道。他嘴角溢出一丝冷笑，用手指虚晃一下，眼前立刻出现了一幅令我不可置信的画面。画面中几个穿着白大褂的实验人员正狂笑着盯着被绑在墙角的红眼人，手术刀的寒光在空气中仿佛划开一道血口。“这就是你们伪装的善良，我们以前曾友好地想拜访地球，可你们并不欢迎我们，甚至要拿我们做实验，我们也是有感情与思想的啊……”他默默地关闭了屏幕，我清晰地感受到他心中的痛。突然，笼子缓缓升起，我重获自由。他平静地看着我道：“我知道你跟他们不一样，刚才你心中的情感变化已被我的记录仪感知，你走吧。”我怔怔地愣在原地，久久不能接受红眼人告知的残忍的事实。是啊，人类一直坚信自己是宇宙中唯一强大的存在，为了自己的研究甚至不惜剥夺他人生存的权利。我终于知道外星人为什么始终不在地球出现，他们曾尝试过，善良地信任人类，可是……我被吸力向上牵引着，蔚蓝的地球离我愈来愈近，这场旅行的故事，我要慢慢地讲述给人类听，我相信，当人类终不再自大，尊重每一个物种，那么终有一天，外星人会向人类敞开心扉，人类不用做那可恶的实验也能了解到外星人的秘密。那一天，我希望不再遥远。

2016 年 3 月

依依之情

长亭外，古道边，芳草碧连天。人生中有那么多场离别聚散，孰知我们像流水一样轻灵而去之际，身后巍峨的高山仍在默默地凝望着我们的背影，为逝去的岁月与即将到来的生活送上一曲无声的歌。

熟悉的铃声再一次响起，我驻足在人海之中，却不知下一步踏往何方。毕业了，美梦终有一醒，而我又是否会被人铭记在心。告别了众同学，我的视线却始终不敢朝她身上落去。我在她心底一定不是个优秀的学生

吧，常常惹她伤心，令她不得不再多关心我一点。想到为她带来了那么多的烦恼丝，我终于还是抬起头，迎上了她的视线。她淡然地望着我，如往昔一般。她身边围着的同学也都缄默下来，为她让出通往我这儿的道路。此时我恨不能缩到地底，却又想站到她面前像其他同学一样谈笑自如。

“瞧，你还是让我这样不省心。”她微笑着叹了口

气，慢慢地蹲下，用她饱经风霜的手轻轻地为我把拖在地上的鞋带系好。时光又仿佛飞舞回到六年前，她也是这样蹲下，为我系好鞋带。可如今，她不再有满头乌发，只余银丝点点闪烁。

她很快便为我系好鞋带，我的眼泪突然喷涌而出，原来她都还记得。“老师，我……我错了……”我一时语无伦次起来。在她面前，我始终是个未长大的孩子。“知错便改啊，你啊，从来就没真正重视自己的错误。我还是有些遗憾没能再对你要求高点。但是老师心中会一直把你看作最优秀的孩子……”我忘了她后面的话，唯有这句时常萦绕在耳际。夜深人静之时，孤独无助之时，我都会忆起她，她所给予我最真挚的情感。

人们终将奔向各自的人生之路，可不管走到哪里，高山都能望得见，望得透。流水总会遇到高堤，想起高山一旁的默默守护，她便会有一股力量冲越高堤。啊，这依依之情，淡去了离别时的哀伤，化为温暖的光，伴随在你我左右。

我再也不会让人弯腰，替我系上鞋带。

2016 年 4 月

理想中的生活

理想中的生活如四季般变幻，每一瞬的美好都足以让人体味一生。歌舞繁华抑或是清风明月，无不交织成心间最美的记忆之画。

春，百花摇曳在风的手掌里，绽开着笑脸。我静静地在晨光中翻开墨香萦绕的书页，鸟儿的婉转如玉珠颗颗，碎在第一杯浓香的茶水里。与文人墨客进行跨越时

空的交流，一起沉浸在历史的风起云涌里。倦了，放下书推开窗，迎接满室的春光明媚。一时间疲惫骤散，不禁让人感慨自然的神奇。就这样，我的生活是春的无限明媚。

夏，雷雨轰鸣，行人在雨中奔跑。我仰着脸渴望雨下得再猛烈些吧。我就是高尔基笔下的那只海燕，穿梭在风雨的咆哮声中。春天哪能在心间永驻呢？不经历夏的猛烈，我是否还听得见来年花开的声音，就这样，我的生活是夏的振奋昂扬。

秋，枫叶悬挂在枝头，红与黄的世界占据了我的视

线。静静地，与父母一同在林间散步，彼此交谈着心中所思所想。当夕阳沉入林中，山更显得高大，我看到我与父母的影子被拉得很长，一直延伸到阳光的尽头。我们的爱随着秋枫埋藏在泥土的怀抱中，在亘古中永存。时光静好，岁月绵长。就这样，我的生活是秋枫的绵绵真情。

冬，万物寂寥，一起被埋藏在寂静中沉睡着。我在屋内听火炉奏着交响曲，唇边是温热的咖啡，是最后总结的时刻了，我在日记中写着，收获是冬天所给予的隐藏着的礼物。屋外蓦然传来孩子们打雪仗的声音，划破了寂静。我笑着凝望着他们的身影，闭眼静静到达所期望的远方。

理想中的生活啊，有太阳的骄傲亦有夏雨的警醒，有秋枫的真情亦有冬雪的冷静。生活的真味就如一年中的四季一样，无时无刻不在变幻着，却总能在心底处打动着我，使我深深地眷恋着。那样的美好，却也时刻地提醒着我，理想很遥远，生活由自己创造。我将要踏上这追逐之路，去寻找我理想中的生活。

2016 年 5 月

十年戎马，愿护三世长安
——致知舞蹈节剧评

说起舞蹈，多数人脑海里不免想起的是盈盈女子身轻若燕，曳满流光的长裙在空中旋转，落地刹那一室莲花。可她不愿。

开场，夜未央。在无边无际的黑暗里，寂静在诺大的舞台上蔓延着。这是一个漫长的等待，远方的战火悄然传遍了村庄。她紧紧地与老父亲相拥在一起，冥冥中注定的命运却不得不拉开她与家的距离。从此褪去红妆，军营生活终成平常。舞台两侧灯光骤然亮起，清晰地映在一袭戎装的士兵身上。铁甲闪着寒光，踏在地上的舞步那样铿锵。舞者穿着沉重的铠甲，此景中的舞者们尚未执剑，纵横间糅合了女子的温婉与男子的阳刚。看似平静的校场操练下，实际上她内心涌起的是波澜壮阔。伸出的手臂随着身躯的转弯变着方向，却始终隐隐地挡住面容，仿佛竭力希望抛却女儿身份。既来之，当一回巾帼又有何妨。青丝束起，眉眼低垂，一半忧虑藏在阴影，倏地放下手臂，仰首将坚毅留给自己。

群舞与个人的独舞互相交织，通过舞者的眼神进行交流，看似富有规律的动作里却传递着人物的心理与外在的对比，向观众传达出自己心中的矛盾与挣扎。

她在人海里，被簇拥着迎向舞台中央。这次，她不再犹豫，张开双臂，身处逆流，誓要拿起长剑，划破茫然与彷徨。

待整戎装，一个翻滚的动作宣告着不仅仅是剧情的推进，更牵引着不知何时入戏的我们。舞台的空间感在这一刻重新被放大，拓展，延伸在想象的极致里。

一幕终，短暂沉寂。舞台的光忽明忽暗，忽闪忽灭，似那雷雨阵阵，狂风来袭。剑出鞘，挑起风起云涌。乐声苍凉，战争的号角悠长深远，阵阵鼓声却敲在木兰心上。收起平日偶然流露出的思乡情态，两队整齐的军队被冲散了队形，随着鼓点越来越密集，士兵们脚下的频率随之加快。可她紧皱着的眉一刻不曾舒展，明明是女子，却像真正的战士一样冲锋陷阵，剑影缭乱中不停呐喊着军队的口号。但即使表现的是混乱的战场，演员们的步伐姿态在变幻中仍充满着节奏感的韵律，剑锋宛转间英气朗朗，俯身，转弯，抬手，跳跃间却不失分毫女子柔婉。

厮杀尽头，一曲长歌献英雄。时间定格在所有士兵执剑天涯的这一瞬间。她，抑或是他们，眉目间逐渐漾出的一丝笑意，冲淡了十年的苦累。无言趴在大地上的身影，肃穆中，是对为国献身的他们最深的敬意。

也许独自一人望着家乡的方向在长夜里哭过，也许和兄弟们一起在燃起的篝火边笑过。不知道这十年改变了她多少，然而归来时，一甩红纱轻扬，眼光浮动里，犹是年少。

望眼铁血构筑的城墙，我从未放下心中的儿女情长。就让被抑制了数年的眼泪在这一刻洒下，流淌过守护过的半壁江山，途经英雄故家。只愿国土世代绵延。

就像在舞剧结束的时候编剧说的那样，我情愿称呼她为她们。无论身处哪个朝代，木兰绝不仅仅只有一位。历史的风云变幻里，她们也曾奋力挣扎，用这十年戎马，愿护国家三世长安。

2017 年 6 月

影院杂谈——《布达佩斯大饭店》

静谧的黑暗中，分散在各地的人被召集于此。无论此前拥有何种喧闹，灵魂终将在短暂的等待中得到安歇。没有规则在这里书写，所有人却保持着一致的节奏与韵律。每一个眼神，每一种动作，甚至每一次情绪的起伏，都被无限地放大、蔓延开来，充斥着这看似有限却实则无限的空间。

我一直把观看电影的过程当作是一场仪式。即使拥有最为虔诚的心态，你却不能是孤身一人。电影院，给予我们一个平台，赋予期望去满足填充我们的内心，思想在这里交融、凝聚，彼此碰撞，最后形成共鸣。就像在观看《布达佩斯大饭店》这部电影时，我们作为观众，是聆听者。但同时，当我们彻底融入周身的环境，屏幕两边垂挂着的红色帷幕黯然默示着我们早已成为故事中的见证者，亲自跟随饭店老板穆斯塔法去感受他在过去的传奇经历。然而身在其中的各种感官刺激，作为独立个体的我们又如何面对着电脑，在简陋窗帘粗略的遮盖下，仍能酣畅淋漓地抒发自己的感情。当看到语言与行为同样滑稽的门童遇上举止更为荒诞的前饭店主人古斯塔沃，我们不由放声大笑。黑暗中看不清彼此摇晃的身影，耳边却环绕着一阵阵不同曲调的声音。从你身体里发射出的粒子自由地寻找着相似的同伴，印证着更为真实的快乐。如果用坐过山车进行比喻，一个人很难有勇气去传播因恐惧或刺激而产生的尖叫，即使内心已经无比纠结挣扎，却不能纵情释放。但换坐另一辆过山车，其中盛满了各色人群，在无数表情夸张的面孔下，你变成了整个组合的一部分，你便不会在意自己压抑着的情感，换句话说，你让自己得到了解放。

我想我明白了为什么要在附中电影院开业的第一天放映《布达佩斯大饭店》。这是一部饱含隐喻的电影。我尽可能地去寻找更多的形容词来给它贴上标签，可是我失败了。忽略所有它的复杂性，我更想简单地把它称为一个故事。它饱和度极高的色调里蕴含着老欧洲童话般的浪漫，再次让我想起了之前某篇推送中对电影的形容。“他们说，看电影就像做梦。”电影院提供气氛的渲染，无光的大环境下，屏幕上被大量的甜美的粉红色、浓烈的金色，以及铺天盖地的雪白所填满。靠着温暖的靠垫，把手臂轻搭在柔软的毛绒玩偶上，不管以什么样

的姿势，坐在电影院的哪个角落，你都能感受到画面上色彩洋溢的视觉冲击。例如在雪山追逐的场景下，从云霄高处滑翔坠落，完整的雪面被划出裂痕，迸发的雪沫纷纷扬扬，身体不由得感到一阵冰凉。在尾声的大混战中，令人眼花缭乱的Courtesan au Chocolate甜点从天而降，瞄准你的位置准确地砸下，呼吸一窒，仿佛淹没在粉红少女心的点心盒中。你无法在电影的构图中找到一丝破绽，它就像是为你量身打造的梦幻之旅，使你很容易把注意力集中放在其中对美的体验上，而减少片中塑造的肃穆沉重的压抑给人们带来的不适。直到影片的结尾，电影院的灯光亮起，恍若白昼，一瞬间惊醒梦中的旅人。那些沉重感突然涌入心口，它们只是暂时地被放下，而不是永远地被忽略。它们只会在你的记忆中萦绕回味。

散场。有的人沉默地走出影院，有的人则与周围陌生或熟悉的人开始了交流。无论我们之前的生命里是否有过交集，此刻的目光交汇处，闪烁着的是对彼此的理解。

我们都是做过梦的人啊。

最后，借用一句影片中的台词作为结束语：“在野蛮的屠宰场上，还是有文明的微光存在，那就是人性。”

2018 年 4 月

图书在版编目（CIP）数据

稚源 / 袁至迪著 . -- 北京 ：民族出版社，2018.9
ISBN 978-7-105-15526-2

Ⅰ．①稚… Ⅱ．①袁… Ⅲ．①散文集－中国－当代
Ⅳ．①I267

中国版本图书馆 CIP 数据核字（2018）第 213123 号

稚源

责任编辑：乔丽
封面设计：金晔
出版发行：民族出版社
地　　址：北京市和平里北街 14 号
邮　　编：100013
电　　话：010-64271909（汉文编辑一室）
　　　　　010-64224782（发行部）
网　　址：http://www.mzpub.com
印　　刷：北京中石油彩色印刷有限责任公司
经　　销：各地新华书店
版　　次：2018 年 9 月第 1 版　2018 年 9 月北京第 1 次印刷
开　　本：880 毫米 ×1230 毫米　1/32
字　　数：100 千字
印　　张：4.25
定　　价：15.80 元
书　　号：ISBN 978-7-105-15526-2/I · 2955（汉 2833）